アフリカの事件簿

АРХИВ В АФРИКЕ

ワグナー教授の発明

ИЗОБРЕТЕНИЯ ПРОФЕССОРА ВАГНЕРА

アレクサンドル・ベリャーエフ
田中隆 訳

Александр Романович Беляев

未知谷
Publisher Michitani

アフリカの事件簿

目次

アフリカの事件簿

ワグナー教授の発明

空飛ぶ絨毯

私が初めてワグナー教授の事を知ったのは、今からもう、何年も前の事だった。私はある雑誌で――今それを捜すのは困難なのだが――ある、滑稽な記事を読んだ事があったのだ。それは《競馬場での大事件》というタイトルだった。

モスクワ競馬場は、大勝負の日を迎えていた。街中には、《一大イベント》の莫大な賞金や、名誉ある優勝トロフィー、レースに参加する内外の名馬や一流ジョッキー、世界タイトルの行方、などについて書かれたポスターが張り巡らされていた。人々の賑わいもまた、並々ならぬ物だった。競馬の常連たちは、素人たちに、有名なジョッキーや、輝くばかりに手入れの行き届いた馬を一々示しては、その名前を教え、血統、戦績、レコード、その走りっぷり、馬主と牧場、など、要は、競馬ファンには必須の事柄を教えていた。

しかし、赫々たる馬の貴族の代表者たちの中に、おいぼれたやせ馬がいるのに気付いた者がいた。その馬は、一目見ただけであばらの数が解ってしまうほど、がりがりにやせ細っていた。

足元がおぼつかず、膝の関節は腫れあがっているばかりか、歪んでもいた。哀れっぽく首を垂れて、たるんだ下唇を震わせている姿は、まるでそのやせ馬が自分の運命を嘆いているように見えた。やせ馬には、いままでだれも見たことのない、裸足に赤い更紗のシャツを着た少年ジョッキーが騎乗していた。目ざとい人たちは、その少年が馬にしばりつけられているのに気付いた。

まるで屠殺場から逃げ出してきたような、そのみすぼらしい馬は、すぐにほかの観客たちの目にも止まった。人々は、その馬をあざ笑ったり、驚いたり、呆れたり、憤慨したりしていた。一体どうしてこんな馬が、これほど場違いな場所に迷い込んできたのだろう？　一体だれが、こんな突拍子もないいたずらをやらかしたんだ？　いったいどこのキチガイの持ち馬なんだろう？　見ろよ。あいつは図々しくも、由緒正しい競走馬に混じって、スタートラインに立っているぞ……シルクハットを被った男が旗を振っている。スタート、そして……そして、ここから到底信じられないような出来事が繰り広げられるのだった……

赤い更紗のシャツを着た少年ジョッキーは、しっかりとサドルのグリップを握り締めてべったりと馬の背に伏せると、やせ馬は、まるで、おとぎ話に出てくるムカデのような、ものすごいスピードで足を動かし始め、まるでつむじ風の様にトラックを疾走した。素晴らしい戦績を誇る本命馬たちが、スタートラインから三、四馬身しか進まないうちに、そのみっともないやせ馬は、早くもコーナーを回りきって、ゴールラインのテープを胸で切ってもまだ止まらず、なおもコースを二周したあげくに、まるで釘付けにでもされたかのように、ぴたり、と立ち止まった。首をうなだれ、唇をだらしなく垂らして立っていた。そして、その時、なんだかクラッカーを破裂させたような音が、ぱんぱん、と何度か聴こえてきた。やせ馬は優勝し、その馬主は、気の遠くなるような賞金を手にするに違いない。

数千人の観客たちは、しばらく呆気に取られていたが、まもなく場内は、猛り狂う火山のような様相を呈した。人々は逆上して、大声でわめきちらし、両手を振り回し、ヒステリックに金切り声で叫んでいた。人々は、口々に叫びながらやせ馬を取り囲んだ。あちこちから怒りの声が聴こえてきた。

「いんちきだ！　ペテンだ！　こんな事があってたまるか！」

「見ろよ、腹の下にモーターが付いているぞ……」

「タバコの箱ぐらいの大きさだな……」

「それに、足には細いレバーが付いているぞ」

「このやせ馬の持ち主は誰だ？」

「殺してやる！　そんな奴は八つ裂きだ！　そいつはどこだ？」

「あいつだ、あのパナマ帽をかぶったやつだ……発明家のワグナーだ……」

「学者というより詐欺師だな。痛めつけてやれ！……」

「皆さん！」パナマ帽の男は、群集の叫びに負けじと声をふりしぼった「落ち着いて下さい。私は、このやせ馬には賭けていませんから。あなた方から賞金をせしめようとしたわけではないのですよ……私はただ……」

怒りに燃える叫び声は、教授の声を掻き消した。拳が、傘が、ステッキが、パナマ帽の上に振り上げられていた。もしもその時、陽の光に輝くビリヤードの球ほどの大きさの玉をワグナー教授が掲げなかったら、一体この事件はどんな結末を迎えた事だろうか。

「爆弾だ！」教授は叫んだ。群集は、恐怖に慄いて飛び退った。発明家は姿を消した。

雑誌に載っていた事件とは、ざっとこのようなものだったのだ。私はワグナー教授に興味がわいて、彼を探し出し、そして知り合いになってから、その、競馬場での事件の話を持ち出してみた。すると、若い発明家は、呆れた、とでも言わんばかりに手を振った。

「いつもの悪い癖ですよ。馬鹿げた話です。《その轍は踏まない》――自ら額を壁に打ち付けるような事はやめよう――と、何度誓った事か。その挙句、ほら、これがいつものたんこぶです……」彼は、そう言うと、実際にたんこぶのある額をさすった。「さながらドンキホーテですよ」

「もっとひどい目にあったかもしれないじゃないですか」私は笑って言った「機転が利くから助かっているんですよ。でも、その、壁だとか、ドンキホーテさながら、というのは、一体どういう事なんですか？」

「頑固で愚かで保守的な我々の政府と、我が国の世論の壁ですよ。我々は、技術面では、絶望的とも言えるぐらいに、ヨーロッパやアメリカに遅れを取っていますからね。我々はまだ中世に生きているような物です。我々の基本的な動力源と言ったら、未だに実際の馬の背なのですからね。そう考えると、まったく絶望したくなりますよ。私はそんな事には我慢できないし、だからこそ、未だにドンキホーテのような真似をしてしまうのです。善きにつけ、悪しきにつけ、様々な機会を捉えては、そんな愚かな人々を納得させようとしているのですよ。ちっぽけなモーターが、事によったら大きな馬よりも強力で、自動車はどんな駿馬でも追い越せる、って事をね」ワグナー教授は、嘲笑するように眼を細めた「あなたがご存知の、そのやせ馬は、本物の馬ではない、自走する機械――機械仕掛けのおもちゃだったのです。人々は、そんな事にも気付かなかったのですよ。モーターとレバーがあるのに気付いただけです。よくできていたとは思いませんか？」教授は、驚き呆れている私の顔を覗き込むと、さも可笑しそうに訊ねてきた。しかし、その後、すぐにため息をつくと言った「説明する暇もありませんでしたよ。あの人たちは博打の金の事で気が狂っていましたからね……どうしようもない人たちです！あの人たちは、私が単に、自分たちから金を巻き上げようとしていたんだ、と、信じて疑わなかったのですよ。そんな嘆かわしい話はさっさと忘れて」すでに、ワグナー教授は普段の温厚な口調で話していた「今、私にはちょっと面白いアイディアがありましてね……ある、発明なのですが……」教授はそう言うと、もう一度額のたんこぶをさすった。

「それは、競馬場でもらってきたんですか？」私は訊ねた。

「ああ……いえ、これは自分のせいです。あるアイディアが浮かんで、それで頭が一杯になると、こんな風にたんこぶができるのです。額と、後頭部にもありますよ。これからもちょくちょく遊びに来てください」

私は、その好意に甘えて、しばしばワグナー教授の元を訪れ、そのたびに、教授の頭には新しいたんこぶが、腕には掻き傷があるのに気付いていた。《アイディア》は、まるで病気のように外見に表れていた。ワグナー教授は冗談に紛らわせて、その怪我の本当の原因については話してくれなかった。ある時、教授は頭に包帯を巻き、右腕を吊った格好で私を出迎えた。教授はにこにこ微笑みながら、私に左手を差し出して言った。

「機は熟しました。そろそろ結果を出せると思います」

「包帯が取れるまで待たなくてもいいのですか？」私は、はらはらしながら訊ねた。

「大した事はありませんよ。もし、あなたが手伝ってくれれば……それはよかった。あなたは断ったりしないだろうと思っていましたよ。そうと決まれば、明日、私の別荘《ダーチャ》に来てください。そうすればあなたは……まあ、見れば一体何かは解るでしょう……」ワグナー教授はそう言うと、ずるそうに右眼を細めた。左目には包帯が巻かれていたのだ。

そして、翌日の朝早く、私は、忘れられたような無人駅で列車を降りると、人気のない田舎道を歩き始めた。周囲には民家も森もなかった。まったく殺風景で閑散とした地域だったのだ。

地平線の向こうには、灰色の百姓家がぽつぽつと見えてきた。コローデエッ村だ。そこが目的地だったのだ。その名の通り、村のいたるところに背の高い跳ね釣瓶のある井戸《エッ》があった。目印は、一番背の高い跳ね釣瓶で、その脇にある百姓家の半分の、《こざっぱり》した側をワグナー教授が借りていたのだ。私を出迎えた教授は、もう包帯は巻いていなかった。教授は私に、クリーム入りの濃い紅茶と、バターを塗った丸パンを勧め、私がそれを平らげると言った。

「さてと、もしあなたがお疲れでなければ、出かけるとしましょうか」

発明家は、テーブルから小振りのかばんを取って、玄関先でオールを一本と、釣竿二本を手にすると、埃っぽい通りに出て行った。

「釣竿とオールは何のためですか?」私は、気になったので訊ねてみた。

「偽装するためです」ワグナー教授はウインクして見せた「野次馬に付きまとわれないようにするためです。かばんを持った人が、駅に向かわず、野原に向かったら、変に思われるでしょう。これを持っていれば、誰もが、私たちが釣りに行くのだと思いますからね」

私は、その偽装に関しては別な見解を持っていた。地元の人々の注意をひきつけるとしたら、それはまさに釣竿なのだと。半径三十キロメートル以内には、魚のいるような川も、湖もありはしない事を、私はよく知っていたのだから。幸い、村は、まるで死んだように静まり返っていた。村人たちは皆、野良仕事をしていたのだ。私たちが出会ったのは、日向ぼっこをしようとして表に出てきた村の老婆ただ一人だけだった。彼女は釣竿に気付くと、驚いたような目つきで、歯のない口を半開きにして、ずっと私たちの後姿を見送っていた。

私たちは、村囲いから出て行くと、意気揚々として、村から四キロメートルほど離れた所にある、古射撃場、と言われる場所に向かって歩いて行った。そこは、かつて軍事キャンプのあった所だ。雑草が生えるに任せた、広々とした野原の片側は、古ぼけて崩れかけた塀で囲われ、その反対を囲う土塁と繋がっていた。ワグナー教授は、塀の回りやその向こうには、いくつもの乾燥した馬糞の山が、高々とそびえていた。ワグナー教授は、その《アウゲイアス王の牛舎》*のような場所のすぐそばで立ち止まると、釣竿を放り出してかばんに腰掛けた。教授は、そこに着くまで一言も口を利かなかった。私は何が起こるのかを知りたくてたまらなかったのだが、あえて訊ねはしなかった。ワグナー教授はじきに、自分から秘密を明かしてくれると解っていたからだ。そして、ついにその時がやって来た……教授は唐突に話しはじめた。

＊アウゲイアス王の牛舎：ギリシャ神話の人物。王は、足の白い黒牛三〇〇頭、赤いまだら牛二〇〇頭、ヘリオスの聖獣である銀白色の牛一二頭を飼っていたが、その牛舎は一度も掃除された事がなく、糞まみれで汚れ放題であった、と言う故事により、汚い場所、不潔な場所、の意味を表わす。

「あなたは人間に生まれてよかったと思っていますか？　私は残念に思っています。ノミ以下ですよ。可笑しいですか？　ばかばかしいと思うでしょう。ノミはちっぽけな虫けらですからね。ところが、ノミは、自分の身長の数十倍、数百倍もの距離を一跳びにできるのです。それが、人間ときたら――万物の霊長などと言ってはいますが、最大でも上方には二メートルほど、前方には三、四メートルほどしか跳べません。それは、人間の尊厳に対する侮辱だとは思いませんか?」

「それで、あなたは、その、自然が与えた不公平を正そうと思ったんですね?」私は、ワグナー教授に訊ねた。教授が何をしようとしているのかが、薄々解かってきたのだ。

「ええ、私は、自分がその欠陥を改善できるのではないかと考えていたのです。人は太洋を横断したり、大空に舞い上がったり、馬に乗って走り回ったり、スキーをしたり、つるつるした電柱に登ったりもできるようになりました。それなら、どうしてノミのように跳ねる事が、百倍、とは行かなくとも、せめて自分の身長の数十倍高く、遠くへジャンプする事ができるようにはならない、と言えますか? それには一体どうすればいいのでしょう? 両腕、両足の筋力と、ちょっとした装置を使ってです」

ワグナー教授はかばんを開けると、その中から、マットレスに使われているようなバネを四本取り出した。バネは板に取り付けられていて、その板には紐がついていた。二本のバネは大きくて「これは手につけるんです」発明家は説明した「そして、すこし小さい二本は――足につけます」ワグナー教授は、バネのついた板を手早く両足に括りつけると、両手にバネをつけるのを手伝ってくれるよう、私に頼んだ。

「これは、まだ極めて原始的なものです。基礎的な実験です。最も困難なのは――バランスの計算なのです」私が板を結び付けている間に、教授はそう言った「ありがとう。今度は、塀に登るのを手伝ってください。ここでオールが役に立つのです」

生まれたばかりのノミ人間は、塀によじ登った。正確に言えば、私が持ち上げて塀の上に載せたのだが。なにしろ、バネが付いた状態では、教授は手も足も使えなかったのだから。

「さあ、それでは、始めましょう。いいですか！　いち、にの、さん！……」ワグナー教授は飛び上がった。足に付いたバネが塀の出っ張りに引っかかって、発明家は横倒しに倒れた。

「最初は失敗が付き物です」悪びれる様子もなく、ワグナー教授はそう言った。

「あなたのたんこぶや擦り傷を見ていると、とても最初の失敗とは言えないような気がしますが」私はそこを指摘した。

「このバネでは――初めてなのですよ。最新型なのです。ちょっと手を貸してください。起きられないのです。もう一度塀にも登らせてください」

それは、かなり面倒な作業だった。

「さあ、始めましょう」

「続きを、でしょう」私は訂正した。

「一番の問題は、うまい具合に四肢を使ってジャンプする事なのですよ。ノミの場合はもっと簡単です。ノミには足が六本ありますからね」ワグナー教授は言った「さて、そおら！」

それはジャンプではなく、墜落だった。頭を下にして落ちて行き、私は、また失敗したのだ、とばかり思っていた。確かに一回目の着地では、全体重が両腕にかかっていた。ワグナー教授は、上に、そして後ろに跳ね上がった。教授は、孤を描いて塀の向こうに姿を消した。

私はうだつの上がらない発明家を、馬糞の山の上で発見した。ワグナー教授は仰向けに倒れて、まるで必死に起き上がろうとしているカブトムシのようにもがいていた。しかし、驚いた事に、ワグナー教授はすっかり満足そうな顔をしていたのだった。

「どうです、このバネは？　ずいぶん跳ねるじゃありませんか！　次こそはうまく行きますよ」

そして、ワグナー教授が三回目のジャンプをすると、今度はうまく行った。それは、どうやら、発明家自身の予想を超えていたようだった。《ノミ》は四足で着地する事に成功して跳ね上がった。どうやらワグナー教授は、足の筋肉を使ったようだ。二回目のジャンプは、より高く、より遠くへ跳べたのだ。三回目、四回目、はもっと高く、遠くへ跳べた。すると、突然悲鳴が聞こえてきた。

「止めてください！　止まれないのですよ！」

困った事になったぞ！　教授は止まる事を考えてはいなかったんだ。私は教授の後を追って駆け出したが、一体どこまで行くのだろうか！　ワグナー教授は、まるで巨大なノミのように、ぴょんぴょん大きくジャンプして、あっという間に私から遠ざかって行った。教授の行く手には、高く盛り上がった土塁が立ちはだかっていた。ジャンパーは向きを変えることができなかった。また何回かジャンプをすると――ワグナー教授は、頭から土塁にぶつかって、高々と両足を上げると、そのまま落ちて行った。

「土塁に穴は開けませんでしたね？」意識が回復すると、ワグナー教授は、舌をもつれさせながらも私にそう訊ねた。教授には、まだ冗談を言う気力が残っていたようだ。

＊＊＊

私はもう何年もワグナー教授とは会っていなかった。だが、教授は突然、思い出したように私に電話を掛けてきたのだ。教授は、まるで、昨日別れたばかりだ、とでも言うほどの何気なさで、私を自分のダーチャに招待した。

「面白い物があるのですよ。よかったら私が車で迎えに行きますから」

それから一時間も経たないうちに、私は、すでに、ワグナー教授と一緒に、彼の車に乗り込んで、モスクワ―ミンスク間の素晴らしい高速道路を疾走していた。見た所、ワグナー教授はほとんど変わりないようだったが、ひげだけは以前より長く、濃くなっていたようだ。伸びやかな流線型の、しゃれた車のハンドルは、教授が自ら握っていた。車は飛ぶように走っていた。迫り来る橋や、道路沿いの、木々の生い茂る丘の上や、川岸などの、まるで絵画のような景色の中に建っている美しいホテルも、ほとんど目に止まらぬ程のスピードだ。そんな風に突っ走って、およそ一時間程経った所で、ワグナー教授はスピードを落として、高速道路を外れると、景色のいい街道筋に乗り入れた。そこからは、時速五十キロメートル程の速度で三十分ほど走って、ある一軒家の前に車を止めた。

「ここが私の家です」

私たちは、大きなベネチア風の窓のある快適な食堂で軽く食事を済ませた。ワグナー教授は、何の前置きもなく、どこか、テーブルの下のほうから、どっしりとしたシャンパングラスを取り出すと、私に差し出した。

「さあ、どうぞ！」

私はグラスを受け取ると唖然とした。まったく重さが感じられなかったのだ。テーブルに置こうとすると、手を離すか離さないかのうちに、バカラは天井目掛けて飛び上がり、そこにつかえて止まった。どうやら私の慌てぶりが可笑しかったらしく、ワグナー教授は笑い出し、それから話し始めた。

「あなたの格好ときたら！　まるで映画の喜劇俳優のようでしたよ。それはそうと、どうやってシードル《リンゴ酒》を召し上がるのですか？　自分のせいですよ。うちには、もうグラスはありませんからね」

「でも、この種明かしはしていただけるんでしょう、教授？」私は訊ねた。

「私は手品師でも魔術師でもありません」教授は、少しむっとしたような調子で答えた。

「多分、シャンパングラスは金属製だったんでしょう。天井に磁石を仕掛けてある、そうじゃないですか?」

「そのうちに説明しますよ。天気もいいことですし、表の空気でも吸いに行きましょう。ただし、その前に、あなたを計量させてください」教授は私を計量して、どういうわけだか、千八百グラム分の重りをポケットに入れておくように言った。

私たちは家を出ると、白樺の木立の向こうに見える広い原っぱに向って歩いて行った。原っぱの真ん中には湖があるようだった。白樺の、白い幹の合間からは、きらきらと輝いている水面が見えたのだが、近くに行って見ると、私は自分の誤りに気がついた。原っぱは、かなり広範囲に亘って、平らで滑らかな、鈍い光沢のあるフェルトのようなもので覆われていたのだ。この、鈍く輝く銀灰色の《絨毯》を遠くから見ると、まるで水面のように見えるのだった。

ワグナー教授は、ためらうことなくその《湖面》を歩き、私は——おっかなびっくり、教授の後について行った。数百平方メートルはあろうかという《絨毯》の真ん中には、なんだか小さな十字架のようなものがあるのが解った。私たちがそのそばに寄って行くと、《十字架の縦棒》は絨毯の裂け目で、横棒は——裂け目に直交して心棒にはまっているボルトだった。中央にある十字架からは、ドアの引き手のようなものが、四方に向けて、いくつも取り付けられていた。

ワグナー教授は、裂け目に対して並行になるようボルトをひねった。その途端、まるで魔法の絨毯に乗っているかのように、ふわりと浮き上ったような感じがした。

「手すりにつかまってください！」ワグナー教授は、大声で言った。

私が手すりにつかまると同時に、我らが《飛行機》が、ぐらり、と揺れた。幸い、それから突風は吹かなかったので、私たちはするすると浮き上がって行ったのだが、私は、自分たちが浮き上がっているというよりは、大地や原っぱ、白樺の木立やワグナー教授のダーチャがゆっくりと沈んでいるような気がしてならなかった。

「もし空気の抵抗がなければ、この空飛ぶ絨毯はもっと早く浮き上がるのですがね」ワグナー教授は言った。教授は私の向かいに坐って、ドアの引き手のような手すりをつかんでいた。私たちは裂け目で隔てられていたのだが、それは、空飛ぶ絨毯が地面にある時には、ボルトを通して絨毯が浮かび上がらないように固定するためのもので、ボルトが錨の役を果たしていたのだった。

「この飛行物体は、空気抵抗が大きそうですからね。少なくとも、垂直上昇するにあたってはね」やっとの事で、それだけを応えた。この奇想天外の出来事に、私は声も出ないほど驚いていたのだ。

「さあ、どうです、上には私たちを引き寄せている磁石がありますか？」ワグナー教授は意地悪そうに、青い眼を細めて訊ねてきた。

「いやあ、これは私の想像を遥かに超えています」私は答えた。

ワグナー教授はからからと笑い出した。

「難しい問題ですからね」やっと教授は笑い止んだ「あなたは、私が、物体を引力から遮断するケイヴァーリット・スクリーン*のような物を発明したと思ったのかも知れませんね。しかし、ケイヴァーリットは、あくまでも、実在しない架空の物質ですからね。それとも、私が大地と同様の電荷をこの空飛ぶ絨毯に持たせて、そのために絨毯が、まるで風船のように地面から浮き上がった、と思ったのかも……」

＊ケイヴァーリット：ジョージ・ウェルズの小説『月世界最初の人間』（一九〇一）に登場する「重力を遮断する物質」。

「何も思いつきはしませんでしたよ」私は否定した。「今気になっているのは、どこまで高く上昇するのか、ですね。何しろ私たちは夏服だし、それに、酸素供給器もないじゃありませんか」

「心配するほどの事はないと思いますよ」ワグナー教授は答えた。「この空飛ぶ絨毯には、大した浮力がありません。上昇限度はせいぜい二、三百メートルです。どうです、もう上昇速度が遅くなってきているでしょう。それに、風が吹いてきたり、気温が下がってきたり、湿度が高くなってきたら、この絨毯の高度は下がります。私の計算通りでしたよ。あなたを計量したのにも訳があったのです。どうです。まだ……時間はたっぷりありますから、私がこの空飛ぶ絨毯の秘密を説明しましょう……見てください、あんなにたくさんの子供たちが、私たちを見に集まっていますよ。しかし、あの子供たちはどこから来たんだろうな?……こちらに向かって叫んだり、帽子を振ったりしているな……」

私たちは、ゆっくりと、木々の向こう側に流れて行った。そのうちに、川や、川岸にいた子供たちも視界から消えて行った。

「さて、と」ワグナー教授は話を続けた「この奇跡は、薄膜物理学がもたらしたものです。まだ、あまり一般には知られていない学問ですが、あなたも調べてみたら面白いと思いますよ。簡単に言ってしまえば、この空飛ぶ絨毯は、硬性連鎖、と呼ばれている物で出来ているのです。その物質は、多くの孔‐気泡、で構成されています。マグネシウムとベリリュウムの合金なのです。気泡の大きさは一ミリメートル以下で、気泡壁面の厚みは一万分の一ミリメートルです。気泡は水素で満たされています。気泡壁面の厚みは――それが薄膜なのですが――千分の一ミリメートルですでに重量のないものと見做されますので、我々のこの一万分の一ミリメートルといった厚みの金属は浮き上がる事になります。その様な金属で作られた空飛ぶ絨毯は、ある一定の大きさになれば、見ての通り、自分自身が浮き上がるだけでなく、荷物を載せても浮き上がります。失礼、ちょっと靴を脱ぎますよ――ダーチャではいつも裸足なものですから」教授は説明を中断して靴を脱ぐと、自分の脇に置いた。「そこで」教授はそう言ったのだが……。するとその時、どこからともなく突風が吹きつけてきて、空飛ぶ絨毯が揺れ、靴が地面に向って落ちて行った。軽くなったじゅうたんは急上昇を始めた。ワグナー教授は叫んだ、と言うよりは、うめき声を上げたと言ったほうがいいかもしれない。私は事態を飲み込んだ。こうなってしまうと、夜の湿気や気温の低下も、何の役にも立たないのだろう。気球のように、下降するためにガスを抜いたりすることも出来ないのだ。私たちの空飛ぶ絨毯のガスは、人工《多泡構造》の奥深くに封じ込められている。私たちは、絨毯の動きを、垂直にも水平にもコントロールできないのだ。なす術もなかった。無線機も持ってはいなかった。食料や水のストックもなかった。このワグナーときたら——優秀な発明家ではあるのだが、まったく浮世離れした人物なのだ。私は、すでに腹も空いていたし、喉が渇いてもいたのだが、それ以上に、教授に腹を立てていた。

「この状況は、かつて、ノミのように飛び跳ねるようとした人の事を思い出しませんか?」

ワグナー教授は、忌々しそうに鼻をすすったが、何も言わずに黙っていた。

「まったく素敵な状況で、何も言う事はありませんよね」私は教授を詰り続けた「夜になったら嵐に遭うかも知れませんね。そうしたら、この空飛ぶじゅうたんはひっくり返って、私たちは、落っこちてぺしゃんこになってしまうでしょうね。それとも、難破船の人たちのように、空腹からお互いを食い合ってしまうのでしょうか。それとも、渇きで死んでしまって、私たちの体は、鳥たちに食い荒らされてしまうのでしょうか……」

ワグナー教授はげらげらと笑い出した。

「あなたがこんなに面白い人だとは思っていませんでしたよ。これほどの難局に直面しても冗談が言えるなんて！」教授は本気で言っていたので、私はばつが悪くなった。「しかし、事態はあなたが思っているほど深刻な状態ではありません。この空飛ぶ絨毯は、硬い気泡でできていますが、幸い、その気泡はとてももろいのです。この絨毯を少しずつむしっていけば容量が小さくなりますから、まるで、積みすぎで重さに耐えられなくなったいかだが沈んでゆくような具合に高度を下げて行きますよ。急いで作業に取り掛かるとしましょう！」

ワグナー教授は、絨毯の中央にある裂け目の端から、少しずつ多孔質をむしり始めた。私も、それに倣ってむしり始めた。私たちは、むしり取った破片を、ぽいぽいとあたりに投げ散らかしたのだが、その破片は、どれもこれもがそのまま浮き上がって、青い空のどこかに消えて行った。

「この合金は安くはないのですがねえ。この破片を失くすのももったいないな。でも、知り合いの飛行士たちが網ですくってくれるでしょう。この破片は、どれも同じ高度まで上昇するでしょうが、十キロメートル以上には行かないでしょうね。どうです、もう、高度が下がってきたでしょう。もう少しむしれば……待って、捨てないで。どうやら下は湖のようです。これは、バラストを捨てなければ。靴を脱いでください！」

私たちは、無事ハシバミの茂みに着陸して、ぼろぼろになった空飛ぶ絨毯を、飛んでいかないようにサスペンダーとベルトで固定した。家には裸足で帰って行った。すきっ腹を抱えて、興奮も覚めやらぬままに……

悪魔の水車小屋

「駅からは村を貫く広い一本道が通っています。ソヴェーツカヤ通りです。それに沿って行ってください。ダーチャが終ると野道になりますから、その道伝いに運動場を通り過ぎると、川に向って下りになっています。川岸がストリャープツィです。その道を左に曲がって村はずれまで行ってください。左側の二件目です――大きな樫の門が目印です――そこが私のダーチャになります。大家はアンナ・タラーソヴナ・グーリコワで、夏場は水車小屋に住んでいます。水車小屋は目と鼻の先ですから、念のため大家に挨拶に行っておいてください――気難しい人ですからね。私の所に一足先に遊びに来て、私は後から来るから、と言っておいてください」

イワン・ステパノヴィチ・ワグナーは別れ際にそう言って私をモスクワ郊外のダーチャに誘ったのだった。精密機器生産企業体に発注していた、なにやら複雑な精密機械が完成して、立会いをしなければならなかった関係上、その年、ワグナー教授はモスクワに住んでいた。ワグナー教授は、自分の時間のほとんどを企業体の工場で過ごしていたので、ダーチャにはたまにしかは行けなかったのだ。しかしその日は——土曜日だったのだが——工場での仕事が早めに片付いたので、ワグナー教授は私を誘って、日曜日は一緒に過ごす約束をしたのだ。

ワグナー教授のダーチャはすぐに見つかったので、私はタラーソヴナに挨拶しようと出かけて行った。夕方だというのに、とても暑い日だった。その年の夏と秋は特別暑かったのだ。タラーソヴナの水車小屋は、イーレヴカ、という小川に跨って建っていたのだが、小川はからからに干上がっていた。まだ水車小屋に着かないうちに、とんでもなくきつい口調のきんきんした女性の声が私の耳に飛び込んできた。その、未亡人グーリコワの声を、私は一生忘れることは出来ないだろう。その声は、直接鼓膜にびりびりと響いてきた。その上、タラーソヴナの口をついて出てくる言葉の量ときたら、受賞経歴のある速記者ですら、その半分を速記できるかどうか、というほどだったのだ。その時のタラーソヴナは、そのマシンガンのような早口を、ライ麦を粉に挽いてもらおうとして持ち込んできた農夫の頭から浴びせかけていた。農夫はもじゃもじゃの頬ひげを時々ぽりぽり掻いていたし、一方のタラソーヴナは、両手の拳を逞しい腰に当てて、叫んでいた。

「あんたの眼は節穴なのかねえ? ニワトリが川底を歩いて渡ってるってのに、あの人ときたら——粉挽きだって! あそこで、カエルが干上がってばたばた死んじまってるってのに、あんたときたら——粉挽きだって! サモワールを沸かす水もないってのに、あの人ときたら——粉挽きだって! 昨日ジューチカが最後の水を飲んじまったってのに、あんたときたら—

—粉挽きだって!……」

『あの人ときたら——粉挽き』『あんたときたら——粉挽き』その声は、まるで同じ歌詞の繰り返しのように響き渡っていた。農夫は、しばらくの間じっとおとなしく聞いていたのだが、そのうち、ぐう、と喉を鳴らすと、帰り支度を始めた。

タラーソヴナは、私がいるのに気がついた。私がダーチャの客だと解ると、彼女はいくらか声のトーンを和らげたのだが、それでも、甲高いのはそのままに、『お宅のつもりでくつろいでください』と言って、取ってつけたような愛想のよさで、私にお茶を勧めた。

「本当にサモワールも沸かせないほど水がないんですか?」私は、喉の渇きを感じながら、おそるおそる川を眺めて訊ねた。

「大丈夫、大丈夫、心配しないで下さい。うちには井戸がありますからね。ワーシカ! お客様にお茶を入れてちょうだい」

私がふり向くと、草の上に、十八歳ぐらいの若者が寝転がっているのに気付いた。それはタラーソヴナの息子で、彼女の製粉助手でもあったのだ。ワーシカは面倒くさそうに起き上がって、ヤナギの枝でぴしゃりと草を叩くと、家に向ってのそのそと歩いてきた。タラーソヴナは、それからもなお、その甲高い声で、長い間私の耳を痛めつけ、日照りに、干上がったイレーヴカに、神様に、世の中のありとあらゆる事に対して愚痴をこぼしていた。水車は止まっていたのだが、なにしろ水車は彼女と子供たちの生活の糧であり、一年を通じて、それで生計を立てていたのだ。

「みんな勝手な事ばっかり言ってるんですからね！　蚊が飲むほどもありゃしない、っての は見れば解るでしょうに、あの人たちときたら——粉挽き、粉挽きって！　まるで、パンを焼けないのはわたしのせいみたいじゃないですか！……」

「お湯が沸いたよ！」庭でワーシャが叫んだ。

「さあどうぞ」

私がまだお茶に口を付けぬうちに、庭のひょろひょろといじけたリンゴの植え込みの中から、おなじみのワグナー教授の声が聞こえてきた。

エブゲニーは無聊を託つ、
風光明媚な村にあっても……

「退屈ではないですか？」ワグナー教授は、私の隣に腰を下ろした。教授は、私に街での出来事を話し、私は教授に——この村について思った事を述べた。

「そういう事なら、タラーソヴナを助けてやらなきゃいけませんね。一服したら彼女の水車小屋に行きましょう」教授はそう言った。

そして、私たちは出かけて行った。ワグナー教授は至極ご機嫌だった。

「お宅の水車の仕掛けを見せてもらってもいいですか？」教授は尋ねた。

タラーソヴナは喜んで承知したので、私と教授は水車小屋の薄暗がりの中に入って行った。

ワグナー教授はその単純な機構を点検した。

「紀元前千五百年には水車が作られていましたが、それからほとんど何も変わってはいませんね」ワグナー教授は言った「お宅の水車は一日にどれぐらいの粉を挽きますか？」

「持ってきたら、その分だけ挽いていますよ」タラソーヴナは答えた「五トンから、水が多ければもっとかしら」

「なるほど」ワグナー教授は考え込むようにして頷いた「五トンは約束できないですが、一トンぐらいなら挽けるでしょう。とりあえずですよ。それで様子を見る事にしましょう」

「百キロ！　せめて百キロでも挽ければ！」タラーソヴナはため息をついた。それからワグナー教授は、また数分ほど石臼の上に立って横木を試していたが、それからしばらく考え込むと言った。

「アンナ・タラーソヴナ、私が小型の動力をつけてあげますよ。ただ石臼を置き換えるだけでいいのです。ここにあるのは私の動力には大きすぎますからね。古い臼を使って小さいのが作れるでしょう。ワシーリーが手伝ってくれますよ。でも、約束は金《かね》より尊し、ですよ。私の動力は箱に入れます。その箱を開けて、中に入っているものを覗いたりしないで下さい。さもないとあなたは動力を駄目にしてしまうだろうし、そうなったら、私はもう、決してあなたを助けたりはしませんよ。いいですね?」

「あらまあ! ええ、ええ、もちろんですとも! わたしが覗き見ですって?……よろしくお願いいたします!」

ワグナー教授は作業に取り掛かった。ワシーリーと私は教授を手伝った。私は、てっきり教授が小型石油発動機か、重油焼玉エンジンでも取り付けるつもりなのだとばかり思っていた。でも、それならなぜそれを隠したがるのだろう?

私たちはほとんど夜中まで作業を続けていた。私とワシーリーは疲労のあまりに睡魔に襲われぐっすり眠り込んでしまったのだが、それでも、ワグナー教授は作業を続けていた。何しろ、教授は、休みを取る必要がなかったのだから!……

朝になって眼を覚ますと、私は水車小屋に向かった。ワグナー教授はそこにいた。教授は石臼の上に、かなり大ぶりの箱の取り付けを終えて、今度は、天井を突き抜ける鉄管を取り付けるのに忙しそうだった。

「ちょっと手伝ってください」教授は言った。

「煙突ですか?」私は訊ねた。

ワグナー教授は何だかむにゃむにゃと歯切れの悪い返事をしたのだが、その眼は悪ふざけをしているようで、さも楽しそうに、私の事をちらちらと覗き見ていた。私はそんなワグナー教授を見て、恐らく、教授は何か面白そうな事をたくらんでいるのだ、と判断した。それは、ガソリンエンジンとは似ても似つかぬ物なのだろう。

「この箱には何が入っているんですか？」私は訊ねた。

「動力です」

「どんな動力なんですか？」

「…………」

「永久機関ですか？」聞き違えたのだと思って訊き返してみたが、ワグナー教授は、一言も返事をしなかった。教授は壁を斧で激しく叩いて穴を開けていた。そして、その穴に煙突を通した。それからワグナー教授は、私たちに出て行くように言って、一人きりになると最後の準備にかかった。しばらくすると、ゆっくりと石臼が動き出す音が聞こえてきた。私は、屋根の上に五メートルほど立ち上がった煙突を眺めてみたのだが、そこに煙や蒸気が立ち昇るような気配はまるでなかったのだ。

ワグナー教授は水車小屋の戸を開けると、私たちに、入ってくるように言った。

「粉挽き機は動いていますよ」教授は、タラーソヴナに向ってそう言った。「この、箱についたレバーが見えますか？　粉挽き機を止めたい時にはレバーを捻ってください」

「どうして止めるんですか？　挽かなきゃならない物は山ほどあるんですからね、昼も夜も粉挽きをしますよ」

「どうぞお好きなだけ挽いてください。ただし約束は守ってください。箱を開けてはいけませんよ」

タラーソヴナは、ワグナー教授に礼を言おうとしたのだが、教授は言った。

「礼を言うにはまだ早いでしょう。きちんと粉が挽けてから喜んでください。行きましょう」

教授は、私に向って声をかけた。

私たちは表に出て行った。

「私はこれからモスクワに行ってきます」ワグナー教授は言った「昼時までには戻ってきますよ。面白い乗り物に乗ってね」

「自動車ですか?」

「さあてねえ」ワグナー教授は気を持たせた「自動走行機。自走機、とでも言っておきましょう。まあ、見ていてください」

ワグナー教授は、別れ際に手を振ると、一晩中働いていたのにもかかわらず元気で晴れ晴れとした様子で、駅に向かって行ってしまった。私は庭に行き、納屋の日陰を捜しあてると、読書に没頭した。しかし、その日の私は、休暇を楽しむ事のできない運命にあったのだった。

魂消るような女性の悲鳴が、水車小屋のほうから響き渡ってきた。まるで二本の白熱したコルク抜きを鼓膜と脳にねじ込まれたようだった。凄まじい絶叫は、静まり返ったストリャープツィの静けさを破った。こんな声を出せるような声帯を持っているのは、未亡人グーリコワただ一人だ。おそらく、生きながらネズミどもに食い荒らされたハットー司教*の死ぬ間際の悲鳴も、このタラーソヴナの絶叫ほどではなかっただろう。でも、いったい何が彼女をこれほどまでに驚かせたのだろう？　水車小屋にはネズミがうようよいたのだが、タラーソヴナはそんなものには馴れっこになっていた。その叫びは、まるで誰かがタラーソヴナの首を絞めたかのような咽び声を最後にして、私が地面から起き上がる間もなく途切れた。私は水車小屋に向って駆け出した。

＊ハットー司教：十世紀中頃、マインツ大司教だったハットー二世は飢饉にあっても農民たちを救済せず、施しを求めた者たちを穀物庫に押し込めて火をつけた。苦しむ人々に対して嘲りの言葉をかけたところ、突如としてネズミの大群が現われ、ハットー二世は、生きたままネズミに貪り食われてしまった。という伝説の人物。

明るい日差しの中から水車小屋の薄暗がりに入って行った最初の瞬間は、中にある物の見分けがつかなかった。静かだった。石臼は勝手に動き続けていた。何歩か足を進めてみると、片足が何か柔らかい物に引っかかった。もう、いくらか暗がりにも眼がなれてきていた。屈みこんで見ると、床の上には、うつ伏せになって倒れている未亡人グーリコワの、恰幅のよい体があるのが見えた。投げ出された片方の拳はきつく握り締められ、もう片方の手は、ぴたりと体に押し付けられていた……殺されたのか？……突然死なのか？……私は、タラーソヴナの体を仰向けにすると腕を取って、脈を診た。微かながら脈拍が感じられた。どうやらタラーソヴナは、完全に気を失っているようだった。

私は、水を汲んできて、タラーソヴナにかけてやろうと思い、その辺にころがっていた手桶をつかんで川に向かった。自分では、かなり急いで戻ってきたつもりだったのだが、すでにその間に、タラーソヴナは意識を取り戻していた。私がまだ開け放たれた水車小屋の扉に辿り着く前に、そこからは、さっきと同じように気違いじみた叫び声を上げたタラーソヴナが飛び出してきたのだ。彼女は、まるで荒れ狂った牝牛のように私に向って突進して来ると、私の事を蹴飛ばした。おかげで、彼女を正気づかせようと思って持ってきた水は、私が自分でかぶってしまった。タラーソヴナが、転んだ私の上を駆け抜けた時に、いやと言うほど踏みつけられたわき腹はひどい打撲を受け、こめかみがずきずきと痛んだ。私は、何が起こったのかが解るようになるまで、おそらく一分ほどは寝転がっていただろう。村の外れにある村ソヴィエトのあたりから、タラーソヴナの叫び声が聞こえてきた。私はやっとの事で頭を上げると、埃っぽい道端に坐り込んだ。祝日だったので、百姓たちは家にいた。村ソヴィエトの連中はと言えば、議長の納屋の脇に坐り込んで、和やかに世間話をしていたのだが、タラーソヴナは、まさに、そこにいた人たちの目の前で、まるで爆弾が炸裂したような叫び声を上げたのだった。議長は、まるで耳の中につっかえたタラーソヴナの叫び声を引っ張り出そうとするようにして、ぐりぐりと耳をほじってから、彼女に何かを言った。彼女はまた、大声でべらべらとまくし立て始めた。しばらくすると、そこにいた人たちは皆立ち上がった。議長は大声で民警官を呼ぶと、全員で水車小屋に向って行った。私は、決して臆病者ではないはずのタラーソヴナが、先頭に立つのを怖がっているような様子で、人々に囲まれて歩いているのに気がついた。私は立ち上がって、埃を払うと、村の顔役に挨拶した。

「それはどこなんだ、え?」議長は歩調を緩めながら訊ねた。

「あの、石臼の上にある箱なんですよ、見えますか?」タラーソヴナは、水車小屋には足を踏み入れないでそう言った。

議長はどうやら怖がっているようだったが、《立場上止むをえ》なかったのだろう。恐る恐る箱に近づいて行った。

「これが問題の箱か。この箱はどうやって開けるのかね? おい、あんたの方がよく知ってるんじゃないのか?」彼は民警官に話しかけた。

そばかすだらけの若い民警官は、箱の所に行くと、思い切って蓋を持ち上げた。その途端、タラーソヴナは叫び声を上げて、表に駆け出して行った。水車小屋に押しかけていた野次馬たちの群れもその後を追って、わらわらと逃げ出していった。水車小屋に残ったのは、村の顔役たちだけだった。しかし、その彼らも、箱の中を覗きこむと、思わず慌てて飛び退ったのだ。私も箱に近づいて、その中に入っていた物を目にした時には、他の人たちに負けないほど驚いた。

箱の中には、回転している横軸の先端が納まっていた。その軸には回転ハンドルが取り付けられ、腕がそのハンドルを握っていた。人間の腕——生きている腕だ!——どうやら、ハンドルを硬く握り締めているその腕が、六つの石臼を作動させている軸に取り付けられたハンドルを回しているようなのだ。肘の関節の部分は金属製のシリンダーに繋がっていた。そのシリンダーには表に飛び出しているパイプが接続されていた。シリンダーには、他にも二本のガラス管と、どうやら、べつの小さな箱から延びている電線のようなものが繋がっていた。その小さな箱には電流計と圧力計が取り付けられていた。

タラーソヴナが、あれほど大騒ぎをしたのも仕方なかったのだ。そこで働いている生きた人間の腕は、異様な不気味さを醸し出していたのだから。タラーソヴナは、伝説の祖先、イヴと同様、好奇心に滅ぼされてしまったのだ。ワグナー教授は、聖書の神と同じように、女心にはとんと無頓着だったのだ。ワグナー教授がタラーソヴナに、箱の中を覗いてはいけない、などと言わなければ、動いている事ですっかり満足したはずの彼女が、石臼を動かしている機構に興味など示さなかっただろう。しかし、ワグナー教授は見てはいけないと言い、そのおかげで、抑え切れない好奇心を呼び覚ましてしまったのだ。そして、今となっては、彼女はもう恐るべき真実を知ってしまったのだ。彼女の石臼を動かしているのは死人の腕だと！

村の顔役たちも唖然としていた。彼らはこんな、法律にも規定されていないような出来事に対してどんな対応をしていいのか解らなかったのだ。

「市民！　箱から出て来なさい！」民警官は叫んだ。もし腕が動いているなら、それは生身の人間の物で、その人物はおそらく箱の中に隠れているのだろう、そう思っていたのだ。それでも腕はハンドルを回し続け、どこの市民も現われてはこなかった。

「ここには人が隠れられるような場所なんてありゃしないだろう」村ソヴィエトの議長が言った。「見てみろ、肩はシリンダーに押し込まれてるが、その上には、小さな箱が一つきりしかないじゃないか」

「労働法違反だな」鉄道の駅で計量係りをしている議長の娘婿は、大真面目に言った「職業安定所を通さずに雇用されているし、おそらく保険にも加入していないだろう。休業日と労働時間について違反しているよ。これは告訴できるぞ」

「誰の腕なんですか?」民警官は、勢い込んで訊ねた。

「うちのダーチャにいるワグナー教授がこしらえてくれたんだよ。あの人の腕だわ!」タラーソヴナが答えた「あの人はこう言ったんだよ『あなたの粉挽き機を動かしてあげますが、箱の中は覗かないで下さい』ってね。もし、わたしが気付かなかったら? おおいやだ! 死人の腕で食い扶持を稼いでるって事になるのかねえ? わたしゃ悪魔の水車小屋で働くなんてまっぴらごめんですからね!」

「でも、どこがいかんのかな?」ずるそうに両目を細めた老人が言った。「飯も食わせんでいい、手間も払わんですむ、それでいて昼も夜も働いているんじゃろ。その腕に鎌を持たせたり、殻竿を持たせたりすれば、脱穀までできるという事じゃね。あんたはペチカで横になってのうのうとパンでも食っておれば、後はあの腕が……」

「あなたは黙っててください！」腹立たしげに民警官が言った「話の腰を折らないで下さい。私は誰の腕か、って訊いてるんですよ？　もしかすると、ここで殺人事件があったのかもしれないじゃないですか。もしかすると、誰かが腕を切り落とされて、その人は今頃、腕もなしに、うろうろと、腕を捜し歩いているかもしれないじゃないですか」

「誰か助けてちょうだい！」タラーソヴナはおいおいと泣き始めた。「もしここにやって来て、『おれの腕を返せ！』なんて凄まれたらどうしたらいいのかねえ」

「そうなんだよ。いいですか、皆さん、これはもう冗談じゃ済まないりっぱな犯罪で、刑法の条文に引っかかるんですよ。店子のワグナー教授はどこにいるんですか？」

「モスクワだよ。今日はそのはずだよ」

「よし、私たちが奴をとっ捕まえて尋問してやるぞ。どこで人の腕を手に入れて、どんな法に基づいて腕を働かせたんだ？　粉挽きは中止だ！　不法操業だぞ」

「助けてちょうだい！」タラーソヴナはまた叫び声を上げた。今となっては自分の野次馬根性を深く反省していたのだが、それ以上に、かっとしたあまりに、つい自分を驚かせた腕のことを話してしまったのを激しく後悔していた。「これは止められるのかねえ？　だって、この腕に向っていくら叫んだところで——聞きやしないよ。耳がないんだからね。ずっと動いてるよ」

「そんなのはほっときゃいいんだ。材料を入れなきゃいいんだよ」

がやがやと話をしながら、みんなは水車小屋を後にした。私は、これからタラーソヴナが何をするのかを見届けようとして、その場に残った。彼女は村の上層部の言いつけにはそむかず、麦をホッパーに入れなかった。でも彼女は、今度は無駄に石臼を回している腕がもったいないと思い始めていた。もしかすると、石臼がもったいないと思ったのかもしれないのだが。そこでタラーソヴナは箱のレバーを引いて、腕の動きを止めた。

「これはあなたのせいですからね」腹立ち紛れに私は言った。彼女の野次馬根性と、口の軽さのおかげで、ワグナー教授に面倒をかける事になってしまったからだ。私は、ワグナー教授が何らかの犯罪を犯した、などとは、これっぽっちも思っていなかった。

「これはあなたたちのせいなんだからね！」彼女は、忌々しそうに言った「水車小屋は、もう丸ごと穢れちまったんだよ！　これからは、悪魔の水車小屋、って呼ばれるようになるんだよ」

村ソヴィエトの議長と民警官は、封蠟と印璽を持って戻ってきた。民警官は、現場の保存処置を取っていなかった事を思い出したのだった。

「粉挽きはやめたんですね？」民警官は訊ねた。

「一服してるんだよ」タラーソヴナはそう答えた。

議長は、腕の入っていた箱の蓋に封印した。タラーソヴナは、議長が水車小屋を焼き払ってしまうのではないか、とひどく心配していた。しかし、それは考えすぎだった。二つ目の封印は、水車小屋の扉にされたのだった。

私は、あらかじめ今日の出来事を話しておこう、と思って、ワグナー教授を迎えに出かけて行った。しかし、事は思い通りには運ばなかった。民警官が私を呼びとめて、もどるように言われてしまったのだ。私にはもう、庭で中断していた読書の続きをするより他には、どうすることもできなかった。

村全体が浮き足立って、まるで蜂の巣を突いたような騒ぎになっていた。村人たちは、ワグナー教授の到着を、今や遅し、と待ち構えていたのだが、教授はなかなか現われなかった。そろそろ空が暗くなってきた頃に、道路で見張りをしていた子供たちが口々に叫び出した。

「来たぞ！　来たぞ！」

村人たちは慌てて表に飛び出してきた。確かに、ワグナー教授は乗り物に乗ってこちらに向かっていた。しかし、何と言う乗り物だろう！　地面まで垂れ下がったラシャを被せられた細長い事務机を想像してみれば解ってもらえるだろうか。《机》の周囲は、高さ五十センチほどの、木製か金属性の板で囲われている。どうやらそれが、ワグナー教授が私に話した《自走機》なのだろう。

山々の向こうから、青みがかった灰色の雨雲がむくむくとわき上がってきた。風は通りでいくつものつむじ風となって、くるくると埃を巻き上げている。もうじき、タラーソヴナが待ち望んでいた雨が降ってくるだろう。

「乗ってください！」私を見るとワグナー教授はそう叫んだ。教授は自分の乗っている奇妙な乗り物を止め、私はそれに飛び乗ると、教授の隣に坐った。その時、村ソヴィエトの議長を先頭にした集団は、すでに自走機に迫っていた。

「市民、降りるんだ、あんたたちを逮捕するぞ!」議長は言った。

突然の強い風にあおられて、乗り物を覆っていたラシャの端がめくれ上がった。恐怖の叫び声が群集の中で湧き起こり、まるで、そよ風ではなく、暴風を食らったかのように彼らは後ずさった。タラーソヴナのつんざくような悲鳴が全ての声を掻き消した。騒ぎはしばらく収まらなかったのだが、私にはその原因が解らなかった。

ワグナー教授は落ち着き払って群集を眺めると、ハンドルを握り締め……群集はさっきよりも一層大きな叫び声を上げた。自走機は、まるでベテランの曲馬師があやつる馬のように棹立ちになると、後ろ足だけでくるりと後ろに身を翻した。そしてワグナー教授は、群集や議長や民警官の叫び声には構わずに、その乗り物を山の方に向わせた。民警官はあわてて追いかけてきたのだが、ワグナー教授がスピード調節用のレバーを操作すると、乗り物は信じられないような身軽さで坂を駆け上がって行った。

民警官は後に取り残されてしまったが、それでも彼は諦めなかった。彼は、私たちの後を追って走ってきた。駅まではあっという間だった。私たちは、まだ全速を出してはいなかった。駅を通り過ぎ、しばらく経ったところで、モスクワに続く街道に出ると、後ろから、はじけるようなオートバイの爆音が聞こえて来た。どうやら民警官は追跡を続けるために、どこからかオートバイを調達してきたようだ。ワグナー教授は微笑んだ。

「さあ、今からこの乗り物の性能を存分に発揮して見せますよ」

教授は、先程からのスピードを保ったままで、近づきつつある追っ手の事を気にする様子はまるでなかった。そして民警官がほとんど追いつきそうになった所で、ワグナー教授は進路を変えた……いや、進路を変えたと言うよりも、普通の車だったら絶対にできないようなやり方で方向転換したのだ。教授は突然自走機を止めると、どうやったのかは解らなかったが、自走機は、向きを変えずに道路の右側に寄った。どうやら乗り物は前にだけではなく、横にも動けるのだった。それはまったく突然の事だったので、民警の乗ったオートバイは止まる事ができずに私たちを追い越して、そのまま前に行ってしまった。

しかし、ワグナー教授はその程度の技には満足してはいなかった。教授はまた自走機を前進させて、あっという間に、まるで挑発するかのように民警官の前に出た。そこで雨が降り始めた。街道には大きな水溜りができて、両脇にある、かなり深い溝に水が流れ込んで行った。ワグナー教授は、できるだけ追手を引き付けると、突然急な方向転換をした。自走機は道路を横切って溝に向かって走った。私は思わず、自分の脇の囲いをつかんだ。しかし、私の心配は杞憂に終った。自走機はまるで小型の戦車のように易々と溝を越えて、でこぼこした野原を駆け抜けて行った。民警官は、無論オートバイに乗ったままでは私たちについてこられなかった。そんな事をしたら、彼は最初の溝でオートバイを壊してしまっただろう。

「大したものでしょう！」すっかり自分の発明に満足した様子でワグナー教授は言った。

「素晴らしいですね！」私は叫んだ「でも、この自走機はどんな仕掛けなんですか？　それに、どうして村人たちはこの乗り物を怖がったんですか？」

「追手もこないようだし、ちょっと話でもしましょうか」ワグナー教授は言った「ちょっとしゃがんでカバーを持上げてみてください」

私は、カバーを持上げると、驚きのあまりに、あっ、と叫び声を上げた。カバーに隠されていたのは……三対の、むき出しの人間の足だったのだ！

「お遊びは、もう充分でしょう」ワグナー教授は笑いながら言った「同志、民警管は尊敬に値しますよ。彼は、自分の職務に忠実に行動したのですからね。戻りましょう。権力の代行者に投降するとしようじゃありませんか。ダーチャに戻ったら全てを説明しましょう。手も足も、すべては実験のために解剖学実験室から提供された物だという書類がありますからね。私が殺人など犯していないのは明らかですよ」

「でも、どうしたらこの足や、手が石臼を動かしたり……」

「ちょっと待ってください」教授が私をさえぎった「まずは降伏のセレモニーを行うとしましょう。それが済んだら教えてあげますよ」

そしてそのセレモニーが終ると、ワグナー教授は、オートバイで伴走する民警に監視された自走機に乗ったままで説明を始めた。

「かいつまんで話しましょう。生体活動とは、すなわち燃焼だと言われています。しかし、生体が活動する過程を観察した最新のデータによれば、それはまったく間違っていた事が解ったのです。生体活動は燃焼ではありません。しかし、燃焼なくして長期間の生体活動もありえないのです。筋肉中では特殊物質のグリコーゲンが発見されていますが、これは科学的な観点から見れば、砂糖とほぼ同質のものです。そして、筋肉が働いている時には、内部でその糖質から乳酸と、自由エネルギーである熱が生成されます。糖質が一グラムの乳酸に変化するためには、計算上百七十カロリーの熱量が発生します。この様にして、筋肉の働き、言い換えれば筋肉の生体活動は酸化や燃焼なしで行われているのです。しかし、運動している筋肉の中には熱（エネルギー）と、グリコーゲンが発生しますが、もし酸素がなければ乳酸が消滅しないので、筋肉はそれ以上運動する事ができなくなるのです。しかし、そのようにして疲労してしまった筋肉を酸素の中に入れたとすると、筋肉は酸素を吸収して、みるみる乳酸は消滅し、その際には、他の燃焼と同様に炭酸と熱を発生させるのです。

いったい乳酸はどこに行ってしまったのでしょうか？　それは再び糖質に変化するのです。ただし、その五分の一は跡形もなく消滅してしまいます。こうして見ると、筋肉とは、言わば——化学的なエネルギーで動作する機械とでも言うべき物なのです。そのエネルギーとは、より複雑な物質が、より単純な物質に変化する際に起こる、科学的エネルギーの持つ電位の減少に伴うものなのです。つまり、筋肉のエネルギーを回復させるには、酸素を供給するだけでいいのです。空間が純粋に酸素だけ、という条件の下で行った実験では、筋肉は疲労しませんでした。

私はその結果に基づいて、遺体から切り取った腕や足を使って、自分の発明品を作り上げたのです。その手足は充分作業できるのに、それを無駄にしてしまうという法はないでしょう？体の諸器官は、体から切り離されても、しかるべき方法で栄養素を与えてさえいれば、ある程度の期間は生きて行ける、という事はご存知でしょう。それらの器官は機能します。という事は、つまり、通常の働きができるという事です。人間の筋肉は——精巧に作り上げられた機械なのですよ。それを、どうしてその持ち主が死んだからと言ってその後は利用しないのでしょうか？　電気的な刺激を与えてやれば動作するのにですよ。

あなたもご存知の通り、私の筋肉もやはり疲れを知りません。しかし、私が自分の筋肉疲労に対して行ってきた対策はちょっと違う方法です。私は疲労を解毒する薬剤を発明したのです。水車小屋にあった腕や、この乗り物の足には、別な方法で対処しています。何よりもまず、栄養補給を優先しているのです。極めて血液の組成に近い特殊な生理溶液で、(ポイントは、酸素の含有量を増やしてある事です) 水車小屋の腕や、この乗り物の足に養分を供給しています。酸素を大量に供給する事で疲労しない筋肉になるのです。電流での刺激は筋肉を収縮させます」

「水車小屋に管をつけたのはどうしてですか？」

「粉塵が栄養補給用の溶液に入ってしまう恐れがあったからですよ。溶液の濃度が上がって、腕の《食料》に適さなくなってしまうのです。管を通して、空気中から直に酸素を取り込んでいるのです。これが私の発明で、人間の筋力を利用した最も安上がりな方法なのです。この発明が、一体どれだけ有望であるかを考えてみてください！　そのうちに、全ての人々は、今の私のように筋肉疲労を覚えなくなるのですよ。肉体労働の生産性はとんでもなく高まって行くでしょう。しかも、それだけではありません。これからは死んだ人たちも働かせましょう。考えても見てください。自然界では、人間の体のように完全なメカニズムを作り上げるのに数百万年を必要としましたが、死は、その偉大なる機械を、永遠に葬り去ってしまうのです！　馬鹿げた話じゃないですか？　もし我々が、決して死に打ち勝つ事ができないのであれば、少なくとも筋肉の働きだけでも延長しようじゃありませんか。人体から切り離された腕が機械を動かしている工場を想像してみてください」

「地獄絵図ですね！」

「どうって事はありませんよ。その有用性は、すぐに人々がその光景を見る眼を変えてしまうでしょう。私は水車小屋に腕を設置しましたね。タラソーヴナは肝をつぶしました。でも、彼女にとって利益になるのは明らかです。それに、亡くなったご主人が、これからもその両腕で、彼女の事を助けてくれると言うのですから、結局は断らないでしょうね……着きました」

　雨は止んでいた。私たちが村に乗り入れて行くと、村中の百姓家から人々が駆け出してきて私たちを取り囲んだ。《裁判》はすぐに終了した。ワグナー教授がモスクワから持ってきた書類を見せると、人々は納得したようだった。タラソーヴナはできるだけ早く水車小屋から死人の腕を撤去するよう、教授に頼み込んでいた。彼女はいつかそのうち、夜中にその腕に絞め殺されてしまうのではないか、と思うと気が気ではなかったのだ。それに、もう腕は必要なくなっていた。激しい雨が小川の水かさを増して、死人の腕に取って代わる準備ができていたのだ。そして、腕は、ワグナー教授の抗議も虚しく墓地に運ばれ埋葬されたのだった。

（P・E・ヤキメンコの談話に基づく）

この話についてのワグナー教授のコメント。

《この件に関する科学的な解説はだいたい正しいですね。動物や人間の筋肉は、体から切り離されたとしても、ある程度の潜在的な科学的エネルギーが蓄えられているのは確かです。それは、筋肉の中に分解できる物質があるおかげなのです。そして、もしこのような筋肉に電流で刺激を与えたなら、ある一定の動作をさせる事ができます。筋肉が運動した後には乳酸が発生します。しかし、酸素が供給される事によって乳酸は消滅し、筋肉は再び運動する事ができるようになります。だから酸素のみの大気の中でなら筋肉は、疲れ知らずでいられます。私は、確かに、そんな疲れ知らずの筋肉を使った実験をダーチャで行っていました。電気の助けを借りて、強制的に人間の腕を動かしたりもしました。その腕は、簡単な作業もしましたよ。実験は数分間続いたし、すでにいくつかの研究所ではその実験が繰り返されています。しかし、実用的な意味での《死してなお働く筋肉》はありえません。割に合わないのです――酸素は高価ですからね。肺が行っているように、直接空気から取り込めればいいのですが、それはまだ構想の段階です。肺と心臓――モーター、のメカニズムを用いればいいでしょう。今は、あなたも、どこまでが科学的な話で、どこまでがファンタジーなのかは解っているでしょう。

ワグナー》

アムバ　アフリカの事件簿1

I　月下の宴

今でも覚えているのだが、子供の頃、友達だったコーリャ・ビビキンとの間で深刻な対立が起こり、危うく、二年間に亘る二人の友情が壊れてしまいそうになった事があった。コーリャは、インディアンと戦うために家出をして、アメリカに行こうと言い張るのに、私は《アベシニア》の事以外には頑として耳を貸そうとしなかったからだ。

「一つ目に――《アベシニア》じゃなくて《アビシニア》だからね」コーリャは私の言葉を訂正した。

「二つ目に――《アベシニア》とも《アビシニア》とも書かれるんだよ。でもね、ぼくは、正しいつづりと読み方は《アベシニア》だと思うんだ。だってその言葉は、大昔その地方の国をハベシ、って呼んでいたことからきてるんだからね」私は、現代の学者の意見を持ち出して反論した。私は、その遥かな国について書かれた薄っぺらい本を読み終えて、その国に夢中になっていたのだ。

「でも、なんでまた君はアベシニアがいいのさ?」コーリャは引き下がらなかった。

「どうしてアベシニアか、って言うとね」私は答えた「まず一番はアムバだよ。きみ、アムバって何だか知ってる?」

彼は頷いた。

「父さんは言ってたよ。ロト、とか宝くじでいっぺんに二つ当たりが出ることだろ」

私は、ふふん、と鼻で笑って、説明を始めた。

「アムバは――アベシニアにある、ものすごく切り立った崖に囲まれた山の台地なんだ。そこに住んでる人たちは、自分のアムバには梯子で登って行くんだけど、家畜はロープで吊り上げるのさ。面白いだろ。人が登れないようなアムバがいいアムバで、それを選ぶと何とかそこによじ登って、そこで暮らすんだよ。まるで空中の島にいるみたいにね。もしアムバを二つ占領したら、深い谷間の上になわばしごをかけて、そこを行ったり来たりしてもいいんだよ。谷間で風が吹くと、なわばしごはゆらゆら揺れて、ほら、こんな風に、ゆうら、ゆうら、するのさ」

「インディアンは?」コーリャは訊ねた。どうやらうすうす負けを認めていたようだったが、それでもインディアンの事は諦めきれないのだった。

「アベシニアにもやっぱり原住民はいるし、山賊もいるよ。すっごく残酷な奴らなんだ。きみはそいつらと戦えばいいじゃないか」

「うん、それは考えておくよ……」

「いいや、きみには、それがどれだけ楽しいかが解るわけないよ」私は、たたみ掛けるように話を続けた「アベシニア――それはスイスみたい所なんだ。もっといい所かもしれないんだよ。アベシニアはスイスの五十倍も大きくて、何倍も美しいんだ。アベシニア――それは、砂や沼地の海に浮かぶ美しい群島なのさ。アベシニア――それはアフリカの屋根なんだ。奇跡の公園なんだよ。日陰になってくれる林のある牧場が、あちこちにあるんだ。もちろん公園は一つじゃないよ。何百もの公園があって、色んな植物が生えてるのさ。下の方には――サトウキビとか竹とか綿とかトロピカルフルーツ――一段上になると――コーヒー、その上は――小麦畑なんだ。きみ、コーヒーはすき？　なんでコーヒーの事を《コーヒー》って言うか知ってる？カッファ――アベシニアの田舎なんだけど、そこにすごくいいコーヒーの木が生えてるんだよ。高級なコーヒーは、そこからぼくらの所に来るんだよ。あそこにはカバもいるし、ハイエナとかヒョウとかライオンが棲んでいるんだよ。あそこには鳥だってたくさんいて、きみが鉄砲で撃ったって撃ち切れないぐらいなんだからね。いいかい、それにね、あそこのお金はとってもかわっているんだよ。薄い岩塩の板で、長さが五十センチもあるんだ。それがあそこでは一ルーブルなんだよ。もしその板がひび割れてたり、ぼろぼろになっていたり、叩いてもいい音がしなかったら、誰もそんなお金は受け取ってくれないんだ。もしも人々が道端で出会ったら、塩をぽきぽき折ってお互いにご馳走するんだ。ぼくらの所では夕バコをご馳走するだろう。お互いに塩のかけらを食べると、お礼を言って別れるのさ。そうそう、でも、いちばん大事な事はまだ言ってなかったね。あそこでは、きみもぼくも、きっと兵隊になるんだ。本当なんだからね。あそこでは九歳の男の子たちが軍隊に取られて、兵隊の助手になるんだよ。男の子は兵隊の前に立って銃を運んだり、馬とかラバの世話をしたりしながら何キロも何キロも歩いて行くんだよ」

コーリャの負けだった。彼は考え込んだあげくに、こくりと頷いて言った。

「うん、それちょっとは考えておくよ……」

まもなく、コーリャ・ビビキンは、両親と一緒に町を出て行き、私はと言えば、二十年は遅れてしまったものの、自分の夢を実現させたのだ。そうは言ってみたものの、実は、私は当時、自分でもすぐにアベシニアの事は忘れてしまって、スキーに熱中していたのではあったのだが。そして、科学アカデミーの研究員として、《将来を嘱望される》若き気象学の研究者としての私が、気象観測のために地球上の様々な地点に派遣されていた探検調査隊の内の一つに参加しないかと勧められた時になって、初めてそんな事を思い出したのだった。

つい最近まで、気象予報士たちは、札付きのペテン師呼ばわりされていた。『奴らの予報は逆だと思わなくちゃ』――人々は、皮肉を込めてそう言っていたのだ。確かに、彼らの言い分にも一理はあった。気象学者は、頻繁に間違いを繰り返していた。天気図やテレグラムによる情報交換を行っていても、最後の最後になって、どこからか、不測の嵐が訪れてしまえば、それまでの予報の全てが台無しになってしまうのだから。気象学者たちが、天候の《生産》の根拠地に住み着く事にしたのは、ここ最近のことだった。

「あなたはどこが希望ですか？　低気圧の巣、アイスランド、それともアビシニアにしますか？　その二箇所は、まだ研究員が決まっていないんです」

『アビシニア、コーリャ・ビビキン、アムバ……』ふと、そんな言葉が脳裏をよぎり、私はためらうことなく答えた。

「アビシニアに行かせてください」

……紅海のなだらかなサンゴ砂の海岸に降り立ち、青々とした山肌に銀色の峰を頂く山々を、地平線に眺めた時、私はまるで自分が二十歳も若返ったかのような気がして、同行していた人たちが驚くのも構わずに叫んだ。

「アムバ！」

私たちは、連なった岩山と海岸の間に押し込められたような、狭苦しいその国の奥深くに潜入して行った。国土は丘に覆われ、無数の川によって潤っている。その丘には、常緑のタマリンドが生い茂っていた。

この国での多くの事は、私が子供の頃に想像していたものとはまるで異なっていた。しかし、現実は、私の子供じみた空想を遥かに上回っていた。その国には、アムバよりも私の興味を惹くものがあったのだ。もっとも、今の私が興味を覚えるのは、子供時代にはほとんど興味を持たなかったようなもの、気温や風や気候などといったものだ。そして、その点においても、アビシニアは最高に興味深い国だ。この国の片隅、裸足のネグス－ネグシチ（皇帝の中の皇帝）が住んでいる《首都である片田舎》は、常に春のような陽気だった。最も寒い月は――七月で――モスクワの五月よりも暖かく、最も暖かくても――モスクワの七月よりは、やや気温が低い。ティグレ高原での夜は、寒さに凍えてしまうほどだが、しかし、東を見下ろすと、地球上で最も暑い場所のひとつであるアファール砂漠が広がっている。

しかし、特に私の興味を惹きつけたのは周期的降雨で、それがなかったなら、エジプト文化全般が成立しなかっただろう。古代エジプトの学者である神官たちは、ナイル川の流域一帯を肥沃にする川の氾濫の真の原因を突き止めようとはしなかったが、その、川の氾濫をうまく利用して驚くべき水路網を構築し、貯水量を調節する止水堰や水門を設置した。神官たちは、なぜ氾濫の始めには濁った緑色をしていたナイルが、後に赤味を帯びてくるのかは知らなかった。それは、神の御業だったのだ。現在、私たちは、その神々を知っている。インド洋の湿った風が、寒冷なアビシニア上空で冷やされて、猛烈な熱帯の雨となって降り注ぐ。そして、その雨が深い谷を浸食し、高原を立ち並ぶアムバに変えてしまうのだ。それから流れは谷に向かい、そこで腐食物や地虫、獣たちの糞や腐植土を飲み込んで、その緑がかった汚泥を蒼きナイルに、そしてアトバラ川との合流地点まで運ぶ。豪雨が汚物を洗い流し、水や汚泥を押しとどめていた葦の茂みの堰が決壊してしまうと、雨は赤茶けた山の土壌を侵食し始める。すると、ナイルを流れる水は、血のように真っ赤に染まるのだった。谷間や谷底でその豪雨に遭遇してしまう旅人にとっては、とんだ災難だ。

　こうして私はアビシニアのティグレ高原に腰を落ち着け、行軍用テントの脇でパイプをくゆらせ、心行くまでアムバの眺めを楽しむ事ができたのだ。サボテンに似たユーフォルビアは、沈み行く陽の光の中で金色の燭台のように輝いていた。テントの隣には、まるでヤナギを思わせるような松科の木々が群生していた。隣の村からは歌声が聞こえていたが、その歌声は西洋人の耳にはあまり心地よいものではなかった。向こうでは何か祝い事でもしているのだろう。私のガイド兼ポーターのアビシニア人、フョードルがいつまでたっても戻ってこないのはそのせいじゃなかろうか？　彼は私のために、何か夕食に食べられそうな物を手に入れようとして村に向ったのだ。

「ガラ*でも飲んで、よっぱらってしまったんだろう」私はひしひしと空腹を感じながら言った。

＊ガラ：酪酊成分を含む植物、ゲシ、から作られたビールの一種。

　するとその時、こちらに向かってやってくる歌声が聞こえてきた。

フョードルだ。明らかにほろ酔い気分だ。彼は手ぶらだった。私は非難がましく首を振ると、イタリア語と英語を交えて、手ぶらで帰ってきた事と、またガラを飲んで酔っ払っている事を非難した。フォードルは、ガラの味見をしてきただけだ、と言い訳をしながら十字を切り始めた。手ぶらなのは、村の長老（一族の中の年長者で、一族の長）が夕食に誘っているからだそうだ。

「ごちそうですよ！」フォードルはそう言うと、唇を鳴らして見せた。はだけたシャーマ（上っ張り）からは、逞しい胸板が覗いていた。フォードルはシャツを着ないので、彼の服装は、細身のズボンとシャーマが全てだ。ただし、寒い時だけは、多くの山の住人と同じように、毛皮のコートを着るのだった。彼のチョコレート色をした卵形の顔、細い鼻、縮れた髪の毛、頬や顎のまばらなひげが、まるで明るい光を発しているようだった。そして、その光の源は、《ごちそう》と言う思いなのだ。しかし、私はすでに、その祝いの食べ物や宴席がどんな物かは解っていたので、その招待を断った。

「行って長老に伝えてくれ。私と、私の仲間たちは具合が悪いから行けないと。お前は丸パンを持ってきてくれ」

フォードルは、私たちが招待を受けるよう説得を始めた。彼は、断れば族長の激しい怒りを買うだろうし、それは我々にとって好ましくないと主張したが、私は頑なに拒否していた。するとフォードルは意味ありげに目配せをして、こう言った。

「そうですか、それならこんな話をすればあなたも断りはしないでしょう。夕食にはお客が来るんですよ。白人たちですよ。一人はロシア人、一人はドイツ人です」

私はフョードルを信じなかった。宴会に行くのを承知させるためのでっち上げだ。宴会に行くとなったら、もちろんフョードルも私の下男として出かけて行き、自分も分け前に与かれるのだ。アビシニアでイタリア人やイギリス人に出会う——それは、特別驚くほどの事ではなかった。彼らの植民地はアビシニアと境界を接して、皇帝ネグス＝ネグシチの支配する土地を海と隔てていたからだ。ドイツ人とも出会う事はあるだろう。だが《ロシア人》？　いったいどこから《ロシア人》がアビシニアくんだりに現われるのだろうか？　だが、フョードルは十字を切って神に誓い、《ロシア人》は、あるドイツ人と一緒にアジズ＝アベバからやって来て、隣の村に滞在しているのだ、と言い張るのだった。

私の好奇心がかきたてられた。もしフョードルの言う事が本当ならば、自分の同胞と出会うチャンスをみすみす逃してしまう手はないだろう。その上、空腹で私は落ち着かなかった。今日は一日食事を取ってはいなかったし、山道を、おそらく三十キロは歩いていただろう。

「わかったよ、行こう。でも、もしこれが嘘だったら、その時はわかっているだろうな、フョードル……」

草原には、尖った藁屋根の掘っ立て小屋が立ち並び、その真ん中の広場には村中の人々が集まっていた。陽は沈んでいたので、若者たちは薪を積み上げ、大きな薪の山に火をつけると、その焚き火は、海抜二千メートルで行われている宴会の様子を明々と照らしだした。大きな輪の中心には、皺だらけではあるものの、真っ黒な髪をした——アビシニアの人々はほとんどが白髪にならないのだが——老人が坐っていた。その老人の左手には空いている席があり、右手には、二人のヨーロッパ人が坐っていた。一人は栗色の頬ひげと、垂れ下がった口ひげを生やした風采のよい男で、もう一人は亜麻色の髪の、顔色の悪い若者だった。

老人は——族長であり、村の指導者である——私に向って自分の隣を示して、坐るよう促した。私は礼をすると、指示された場所に腰を落ち着けた。私は、うらやましいほどの顔色をして、栗色の頬ひげを生やしたヨーロッパ人の隣に坐って話がしたくてたまらなかった。しかし、彼と私の間には客好きの主人が陣取っていたし、その主人ときたら、アビシニア人の例に漏れずに、とてつもなくよくしゃべるのだった。彼の名前はイワンと言ったが、自分では《イアン》と言っていた。料理はまだ、テーブルには《連れてこられ》てはおらず、その間、主人は四方山話で我々をもてなしていたが、ほとんど右側の客にばかり話しかけていた。どうやらイアンは、私たちに自分の教養をひけらかしたかったのだろう。彼は自分がよく承知している事、世界で起こっている事について話していた。アビシニアがあり、その他にもヨーロピアがあり、トルキヤがある。ヨーロピアは——素晴らしいが物足りない。そこにはネグス - ネグシチがいない。しかし、彼は極最近になって、ギリシャ——《世界でもっとも大きな国家》——という国がある事を知ったのだった……

そうこうしている内に前菜が《出され》た。二人の、若くてとても格好のよいアビシニア人の若者たちが、角をつかんで牝牛を連れてきたのだ。牛の足は縛られていた。一人の年取ったアビシニア人がナイフを手にすると、それを牝牛の首に突き立て、すると、地面には僅かに鮮血が迸った。それから牝牛を押し倒して、反り返った鋭いナイフを手にした若いアビシニア人が、生きたままの牝牛の皮を切り込んで行き、ヒレの位置からまだびくびくと震えている細い肉の筋を切り取り始めた。牝牛は、沈み行く船のサイレンのように絶叫した。その声はイアンの耳をくすぐり、食欲をそそったようで、だらだらよだれをたらし始めた。女たちは、びくびく痙攣している肉片をつかむとコマ切れに刻んで、塩コショウをふりかけると、小麦粉の薄焼きに包んで宴席の客の口元まで運んできた。栗色の頬ひげのヨーロッパ人は、礼は言ったものの、差し出された料理は辞退した。彼は、我々ヨーロッパ人は、生肉を食べる事が法で禁じられているため、焼いた子羊の肉を食べる事にする、と説明した。そして、彼は、不意に私に向かってロシア語で話しかけてきた。

「もし勘違いでなければ、あなたは私と御同郷ですね。生肉を食べてはいけませんよ。そのおかげでエチオピア人たちは皆、条虫やサナダムシに苦しんでいるのですからね。もし彼らが毎月この地に生えているクッソという除虫効果のある植物の花や実などを食べて虫下しをしていなかったら、おそらくほとんどの人が寄生虫によって死んでしまうでしょう」

私はありがたくその忠告を受け入れて、よく焼いた羊の肉を注文した。私の同郷人は焼いた羊肉にがつがつとかぶりつき、これほどまでにべちゃべちゃ音を立てて食べられるのは上品なアビシニア人だけ、というほどにべちゃべちゃと激しい音を立てて食べていた。お恥ずかしい話だが、べちゃべちゃと音を立てて食べるのが教養人の証であるという事を、私は知らなかったのだ。

みんながたらふく食べ終わった頃に、地酒のフェーゼが出された。イアンは杯のフェーゼを少々手のひらに注がせると、それを飲み干した。これは、飲み物に毒が入っていないという事を証明してみせるためであり、それが済んでからやっと客人に酒がふるまわれるのだった。

哀れな《料理》は鳴き続けていた。その鳴き声が辺りの野原や渓谷の静けさを破っていた。近所の村々からぽつぽつと客人がやってくるようになった。牝牛の断末魔の鳴き声は、彼らにとっては召集の銅鑼の音のようなものだった。客人たちは愛想よく迎え入れられて、牝牛の生け作りのむさぼり食いに参加した。すぐに牝牛の片面の肉がなくなった。牝牛は四肢をびくびくと震わせていたが、男たちだけではなく、女たちまでもがまったくそれを気にする様子はなかった。子供たちに至っては、牝牛の悲鳴や、びくびくと痙攣している様子に大喜びしていた。

じきにイアンは酔っ払った。彼は、妙なる讃美歌を、飢えた狼の遠吠えのような節回しで歌いだしたり、何が可笑しいのか、くすくす笑ったりしていた。

やっと、そのうんざりするような宴会もお開きになった。《ロシア人》は立ち上がって私に会釈をした。私も、彼に倣って同じように会釈をした。彼は主人に挨拶を済ませると、牝牛の首を持って帰ってもいいか、と訪ねた。イアンはとても喜んでそれを承知した。彼はそこにいた若者の一人に首を落すよう命じたが、《ロシア人》は若者の手からナイフを取り上げると自ら処置を行った。しかも、そのスピードと手際のよさは、居合わせた人々から喝采を浴びた程だったのだ。哀れな牝牛は吠えるのを止めると、まもなく、だらりと足を伸ばした。私は、同郷人がその処置を取ったのは、獣の苦しみを終らせよう、という哀れみからに違いないと思った。

「仲良くしようじゃありませんか」彼は別れ際に私に手を差し出して言った「ワグナー教授です。よろしかったら私の小屋に来てください。あそこですよ、見えますか?」彼はそう言って、燃え尽きようとしている焚き火の炎で微かに照らされた、村はずれの二つの大きなテントを指さした。

私は招待に対しての礼を言って、教授と別れた。

II　リングの死

翌日、私は仕事を終えると、ワグナー教授の許に向った。

「入ってもよろしいですか?」テントの脇で立ち止まると、私は言った。

「だれですか?　なんの用です?」誰かがドイツ語で応えた。

テントの戸が細く開くと、その隙間から赤毛の若者が顔を覗かせた。

「ああ、あなたでしたか。どうぞ中に入ってください」彼は言った「坐ってください。ワグナー教授は今ちょっと手が離せないんですよ。でもそのうちに手が空きますから」

そして、話し好きのドイツ人は、私にあれこれ話し始めた。

彼の姓はレーシェルといった。ハインリッヒ・レーシェルだ。彼は、有名な植物学者であるターナー教授の助手だった。そして、ターナー教授は、ワグナー教授の古くからの友人だった。二人は――ターナー教授とワグナー教授は――連れ立ってアフリカにやってきたのだ。ワグナー教授は猿語を研究するために、コンゴ川流域に向かい、ターナー教授は、アルベルト・リング、そしてガイドと一緒に、ティグレ地方の調査旅行に出かけたのだった。

「ターナー教授とワグナー教授はアジズ－アベバで別れて、そこでまた会う約束をしていたんですよ」レーシェルは続けた「ターナー教授は、アジズ－アベバを根拠地にしていました。その町にいたのが私でした。ターナー教授は、私に採集した植物を送ってきて、私はそれを標本にしたり、顕微鏡で観察したりしていたんですよ。ワグナー教授とターナー教授は、夏の雨季が始まるまでに戻ってくる約束をしていました。あなたもご存知でしょうが、ここでは七月と八月にはしょっちゅう雨が降りますからね。ワグナー教授は約束通り――六月の終わりに戻ってきました。教授は大量の荷物と、まるで動物園でも開けそうなほどたくさんの動物たちを連れて帰ってきたんですよ。猿の鳴き声が聴こえませんか？　ワグナー教授がおっしゃっていたんですが、コンゴの森で、イギリスの何とか言う卿の探検隊と出合ったそうなんですよ。でも、その卿はまもなく亡くなってしまったんだそうです。ワグナー教授は、亡くなった方の財産に関して一切の面倒を見る事になってしまったんです。教授は荷物と猿を、亡くなった方の親類に送る事にしたんですね。

六月の終りには、もう雨がぱらつきます。もし、ターナー教授が、とんでもない熱帯の大雨に山地で出遭うような危険を冒すつもりでなかったら、教授は急がなければなりませんでした。私たちはその帰りを、今日か明日かと待っていたんですが、それでも教授は帰ってきませんでした。そして、ターナー教授と私の間に入って、時々採集品を届けに来てくれていたリングも帰ってきませんでした。七月は過ぎてしまいました。まるでバケツをひっくり返したような雨が降っていました。私たちが使っていた素晴らしいテントですら耐えられずに雨漏りしていたんですよ。まあ、それでも、原住民の住居にいるよりは、その中にいた方がまだましでしたがね。ターナー教授とアルベルト・リング、そして案内人がどうしているのか、不安はますますつのるばかりでした。もしかしたら死んでしまったのじゃないか？　ってね。

そんなある時——それはもう八月の初めでしたが——明け方に、大雨が降る音に混じって、テントのシートの向こう側から、うめき声ともうなり声ともつかない声が聴こえてきたんですよ。アビシニアでは、どこの町にでも、やけにたくさんの野良犬がいるのはご存知でしょう。夜遅くになると、ジャッカルやハイエナも、頻繁に町に姿を現します。何しろ、この国の不潔な田舎町では　犬とあわせて連中が、唯一の清掃員で衛生係りですからね。雨の音にかき消されていたうめき声が、再び聴こえてきました。私は急いで服を着ると、テントを出て行きました。入り口の近くに、人が倒れていたんです。それはアルベルト・リングでしたが、何と変わり果てた姿だったでしょう！　服はずたずたに裂けて泥まみれになって、かろうじて体に引っかかっているような有様だったんですよ。顔中あざだらけで、頭に深い傷を負っているのがわかりました。私はリングを引きずって、テントに運び込みました。ワグナー教授は決して眠りませんから、すぐに私のテントの様子がおかしいのを聞きつけたんです。怪我人を見ると、ワグナー教授は彼の意識を回復させようとしました。しかし、かわいそうなリングはすでに息を引き取っていたようだったんです。彼は、やっとの事で我々のいたテントまで辿り着くと、そこで力尽きてしまったんです。ワグナー教授は強心剤のカンフルを打ちましたが、まったく効果はありませんでした。

『ちょっと待って、話せる様にするから！』ワグナー教授はそう言って、急いで自分のテントに行くと、そこから注射器を持って戻ってきました。教授がリングに何かの薬を注射すると、死んでしまったはずのリングが眼を開いたのです。『ターナー教授はどこだね？』ワグナー教授が叫びました。『教授は生きているのかね？』『生きています』かすかに聞き取れるほどの声でリングが答えました『助けが……教授は……』リングは再び意識を失い、もう、ワグナー教授ですら手の施しようがなかったんです。

『出血多量ですね』ワグナー教授は言いました。『輸血は、猿を一匹使えば間に合ったと思います。しかし、リングの頭蓋骨には穴が開いていて、脳が損傷していますね。おそらく、これ以上彼からは何も聞きだす事ができないでしょう。後五分だけでも生きていてくれたら！ 結局、ターナー教授の居場所は解らずじまいだったな』『埋葬しますか？』私は訊ねました。『もちろんですとも』ワグナー教授は答えました『ただし、その前に解剖します。もしかすると、それで何か手がかりがつかめるかも知れませんからね。遺体を私の実験室に運ぶのを手伝ってください』

遺体は一人でも動かせるぐらいに軽かったのですが、人間の遺体を獣のように引きずって歩くのは失礼に当りますからね。私たちは遺体を移動させて、解剖台に載せました。私は出て行き、教授は解剖を行いました。おそらくリングの両親なら、遺体の解剖は許さなかったでしょうね。とても信心深い人たちですからね。しかし、その両親も遥か彼方でしたし、ワグナー教授ときたら……教授は私が言っても聞かなかったでしょうし、いずれにしても、自分のやりたいようにしたでしょうね。

その日は、夜までワグナー教授とは会いませんでした。教授は、隣のテントにある私たちの備品の中から、瓶か何かを取りに出てきたのです。『何か解りましたか？』私は訊ねました。『リングは頭に裂傷を負い、髪の毛には泥の固まりが付着していましたし、体表にはおびただしい擦過傷と皮下出血の跡があるのが確認できました。リングは、どこかの谷間で大雨にあって、氾濫した流れに巻き込まれて流された、という事でほぼ間違いありませんね。彼は岩や断崖の壁に、何度もたたきつけられたのです。それでも、どうにかして流れを抜け出す事ができて、そして私たちの許に辿り着いたのですよ。驚くほど頑強な肉体です。彼は、あれほどの傷を頭に負いながら、何キロもの道のりを歩いて来なければならなかったのですからね』

『それで、ターナー教授は⁉』『それは、私が知りたいぐらいですよ。しかし、リングが残した言葉によれば、ターナー教授は生きていますし、どうやら我々の助けを待っているようなのです。我々はターナー教授を探すために、すぐにティグレに向けて出発しなければなりませんね』『しかし、どうしようもないじゃありませんか』私は反対しました『ティグレは旧アビシニアの中でもかなり広い地域で、幾千ものアムバと渓谷があるんですよ。そんな場所のどこでターナー教授を探そうと言うんですか？』私はそう言いましたよ。

でも、私は間違ってないでしょう、そうじゃないですか？」レーシェルは、私に訊ねてきた。

「ワグナー教授は」彼は話を続けた「少々荒っぽい所があるんですよ。行きたくないのなら、アジズ-アベバに残って構わない、と、きつい調子で私に言ったんです。私は、もちろん一緒に行く、と答えましたよ。そしてその日、その日の夜だったんですが、リングを埋葬すると、私たちは旅立ちました。私たちは、亡くなった卿の荷物や猿たちは、全部アジズ-アベバに残して、身軽にして出かけたんです。まあ比較の問題ですがね。ワグナー教授は自分の研究設備なしではいられませんからね。教授はかなり大きなテントを持って行きました――あなたもご覧になったでしょう。私は、ほら、このテントを自分のために持ってきたんですよ」

「それで、捜索の結果は？」

「当然の如く空振りでしたよ」レーシェルは、どうも、どこかでそれを喜んでいるかのような調子で答えた。

どうやら彼は、ワグナー教授に対してあまり好意的ではない、私はそう感じた。

「国では婚約者が待っていますしね」レーシェルはこぼした「それが、こんな所で当て所なく山の中を歩き回らなきゃならないんですからね。可哀想なリング！　彼にも婚約者がいたんですよ」

Ⅲ　話す脳

その時、入り口を覆っていた防水布の端が少し開いて、戸口にワグナー教授が姿を現した。

「こんにちは」教授は愛想よく私に言った「どうしてこんな所にいるのですか？　私の所に行きましょう」そう言うと、私の肩を抱いて自分のテントに連れて行った。レーシェルは後を付いてはこなかった。

私は、物珍しさから、ワグナー教授の移動式のテント実験室を眺め回した。そこには、ワグナー教授の研究領域の幅広さを示すように、様々な器具や計器が置いてあった。化学実験用の、ガラスや陶器でできた容器の脇には無線機が置いてあったし、顕微鏡は、分光器や検電器と一緒に並んでいた。しかし、多くの装置の使い道は、私には解らなかった。

「坐ってください」ワグナー教授は言った。教授自身も、雑多な器具で散らかった、大きな机の間に押し込まれた小机のそばにある携帯用の椅子に腰を下ろすと、何かを書き始めた。それと同時に、片目で私のほうをちらちら眺めながら、私と会話をしていた。驚いた事に、教授は、私が教授について知っているより、遥かに私の事をよく知っていたのだ。教授は、私の論文を列挙して見せた上に、簡単なコメントを述べたりもした。その的確な事や考察の深さは驚くほどだった。なにしろ、ワグナー教授は気象学者ではなく、生物学者だったのだから。

「ある事で助けていただきたいのですが、いかがでしょうか？　あなたとなら万事うまく行くと思うのですが」

『何を、それに、私にできる事ですか？』私は訊ねたかったのだが、そこはぐっとこらえた。

「つまり」ワグナー教授は続けた「ハインリッヒ・レーシェルはとても人当たりのよい若者です。天才的なひらめきこそありませんが、誠実な分類学者になるでしょうね。彼は、採集してきた資料を未来の天才のための標本にする、といったタイプの人物です。天才とは、ある一つのアイディアで、今まで解明されていなかったいくつもの現象を解明したり、個別の事象を統合して、全体的な体系を作り上げていくような人たちの事です。レーシェルは——科学の土台を作る層に属しています。しかし、そこが問題なのではありません。人にはそれぞれの役割があります。彼は、自分の環境の産物なのです。ありとあらゆる偏見を持ってはいるものの、折り目正しい市井の人である両親の、折り目正しい息子なのです。日曜日の朝になると静かに讃美歌を口ずさみ、食事の後には、尊敬すべきお母さんと同じ淹れかたで淹れたコーヒーを飲み、習慣となっている葉巻をくゆらしているのです。私がリングの遺体を解剖した事で、彼が私を冷ややかな眼で見るようになった事に、私が気付かなかったと思いますか？」ワグナー教授は不意に笑い出した「もし、レーシェルが私の仕出かした事を知ったら！　私はリングの頭蓋を開けて見ただけではなく、そこから脳を取り出して、それを解剖するつもりでいたのです。こんなチャンスは絶対に逃せませんからね。リングの脳を取り出してから頭に包帯を巻いて、レーシェルと一緒に、その、脳のない遺体を埋葬したのです。レーシェルは墓前で祈禱の言葉をつぶやくと、こわばった顔をして、行ってしまいましたよ。私はリングの脳の研究に着手しました。

アジズ－アベバでは、脳を保存するための氷が手に入りません。アルコール漬けにする手もあったのですが、私がしようとしていた実験には、鮮度の高い脳が必要だったのです。そこで思いついたのです。脳を生きた状態に保てばいいんじゃないかとね。私の発明した生理溶液を使って栄養を補給したら？　この生理溶液は完全に血液の代用となるものです。そんな風にして、当分の間は脳を生きたままの状態で保存する事ができました。私は、脳の表面を薄く剥ぎ取って、顕微鏡を使ったり、その他にも何通りかの方法で分析にかけてみるつもりでいたのです。一番大変だったのは、細菌が脳に感染するのを完全に防いでくれるような《頭蓋》を考案する事でした。私がその問題を、非常に満足のいく方法で解決できたので、後でご覧になってください。脳をその特製の容器に収めて、栄養の供給を開始しました。脳の損傷していた所は念入りに消毒して、治療を始めました。脳の組織が回復している、という事は、脳は生き続けているという事です。例えるなら、体から切断された指が、人工的な条件の下で生きているようなものです。

脳の研究をしていながらも、友人であるターナー教授の安否については、片時も忘れずに考え続けていました。私は、彼の生死を尋ねて行くために、リングの脳を移動実験室ごと携えて出発しました。きっとターナー教授の足跡は辿れるだろうと思っていたのです。彼はそれなりに人のいる所を旅していましたからね。行く先々の集落では食料を買い込んだりしたはずだし、そのおかげで、現地の人々から彼の事を知る事ができました。私は、レーシェルと一緒に先を急いで、数日後には、すでにティグレの高原に到着していました。

ある晩、私はリングの脳の最初のプレパラートを作成しようと思い立ったのです。そして、メスを手にして、今まさに作業に取り掛かろうとしたその時、ふと、ある考えが浮かんで、私は思い止まったのです。脳が生きているのなら、痛みも感じるはずだ。私が手術をするのは、あまりにも残酷な事なのではなかろうか？　私はリングの脳を、まるで、あなたが昨日ご覧になった、宴会の席でゆっくりと切り刻まれながら現地人たちに貪り食われていった哀れな牝牛のような目にあわせてしまうのじゃないか？　そう思ったのです。私は躊躇しました。それでも、結局は、学術的好奇心が、哀れみの情に打ち勝ったのでしょう。何しろ、私の手元にあったのは、すでに生きた人間ではない、単なる《肉片》だったのですから。ヒューマニストは生体解剖に反対していますね。しかし、学者たちに《なぶり殺し》にされた数十羽ものウサギが幾千もの人々の命を救っているのではないでしょうか？　それに、我々が食べている肉料理は？　それは、言うまでもない事です！　要するに、私は再び脳にメスを向けたのですが、そこでもう一度思い止まったのです。また何か、何ともつかみどころのないような新たな思いが私に警告を発し、その思いが、潜在意識の暗い深淵から意識の表面に上がってくるまで私を押しとどめたのです。そして、数秒後にはこんな思いが私の意識の中でまとまっていました。《もし、リングの脳が生き続けているなら、その脳にできる事は、痛みを感じるだけではないはずだ。思考とは——脳の作用の一つである。もし、リングの脳が考え続けているとしたら？　彼はいったい何を考えることができるのだろう？　それを知ろうとしたり、脳と連絡をつけたりすることは不可能なのだろうか？　しかも、リングはターナー教授の居場所や、いったい何が教授の身に起こったのかを我々に伝えることなく息を引き取った。その秘密を、うまい具合にリングの脳から引き出すことはできないものだろうか？　もし、その実験が成功すれば、一石二鳥と言うわけだ。科学的に興味深い問題を解決できるのみならず、もしかすると私の友人を助ける事ができるかもしれないのだ》」

「アムバですね？」私は微笑みながら、それとなく言ってみた。

ワグナー教授は一瞬考え込んだが、にっこりと微笑んでこう言った。

「そう、アムバです。ただし、アビシニアのではなく、ギャンブルで言う所の、一挙両得ですね。学術的に見ても、その実験からは極めて多くの興味深い事実が確認できることは間違いありませんでしたから、私は、熱意を持ってその仕事に取り掛かりました。しかし、前途は多難でした。脳とコンタクトを取る方法を発明する必要がありましたが、もちろん、脳は見る事も聞くこともできません。ただ感じる事しかできないのです。もしかすると、それは、言葉も知らずに火星人や月世界の人々とコミュニケーションを図ろうとする事に負けないぐらい困難な事だったはずです。ここだけの話ですが、リングはまだ、《五体満足》だった時でも、ちょっと足りない所がありましたからね。ある時、ターナー教授が話してくれたのですが、リングは人食い人種に捕まったのにもかかわらず、囚われの身から解放されて、元気な姿で戻ってきたそうなのです。一緒に捕まった仲間の二人は食べられてしまったのに、ですよ。『それはね』ターナー教授は冗談めかして言いました『人食い人種たちがリングの馬鹿さ加減を確信して、彼を食べるのが怖くなったんだよ。馬鹿が伝染しないようにしたのだね。何しろ、食人の起源は、空腹を満たすためではなく、敵を食べれば、その人の持っている資質を獲得できる、という信仰からなのだからね』」

「そんな訳で」ワグナー教授は続けた「私は、かなり面倒な素材に対して研究を行わなければばなりませんでした。しかし、難しいからと言ってあきらめたりした事は一度もありません。私は今までの経験上こう判断していました。脳が働く際には、微弱電流の放出を伴う複雑な電子化学的処理を行っています。私はすでに、二年前にある装置を設計していました。思考している脳の放出する電波を受信する機械です。それに、その波形を自動的に記録する装置も発明していました。しかし、その波形をどうやって人間の言葉に翻訳すればいいのでしょうか？そこには途方もない苦労があったのですよ。同じ考えでもその時の気分によって、表わされる波形が様々に異なる事は確認していました。読み取れるようにする必要があったのは、一まとまりの思考でも、まして個々の単語でもなかった事は明らかだったので、別な方法を取る必要がありました。文字について脳と合意して、独自のアルファベットを作り上げるのです。脳が思い浮かべた文字の一文字ごとに、明確な、明らかに他と異なった電波を発したなら、私の装置には特徴のある波形として反映されるはずです。要は、牢獄の符牒も知らずに独房に入れられている私が、壁を叩いて隣の房に入れられている囚人と連絡を取ろうとしていたようなものですね。

しかし、それらはすべて、まだ当分先の事でした。まずやらねばならなかった事は、リングの脳がなんらかの電流を発しているのか、別な言い方をするなら、《精神的》活動をしているのか、もしくは、単に細胞が生きているだけなのか、を突き止める事でした。論理的には、脳は思考しているはずです。私はとても高感度な検知器を作製して、それを脳に接続しました。

なにしろ、脳は非常に微弱な電波しか発しないのですからね。

そして、その電波が空間に拡散して、それ以上弱まってしまわないようにするためにも、発せられた電気エネルギーは、できる限り集めようとしたのです。そのため、リングの脳には薄い金属製の網を被せました。その網と検知器は導線で繋がっていました。脳を載せていた箱には、地面からの絶縁処理をしました。電波は検知器に送られ、高感度な自動筆記装置に伝わるはずでした。特別にラッカーコーティングされた映画撮影用のロールフィルム上に、細い針で記録されるのです。映画撮影用のフィルムを使ったのは、単に記録するのに都合がよかったからですよ。もしも、そんな作業をしている私をレーシェルが目の当たりにしたら！　目の前の罰当たりな光景に対する怒りで逆上してしまったでしょうね」

ワグナー教授はそこで言葉を切った。私は、よけいな質問で教授の考えを邪魔をしたくなかったので、やきもきしながら教授の顔を見詰めていた。

「ええ」ワグナー教授は続けた「検知器は、放出された電波を捉えましたよ。針はフィルムの上に未知なる文字を、まるで大地の震動を捉えた地震計が描くような線を描き出したのです。リングの脳は思考していました。しかし、いったい何を考えているのかを理解できるようになるには、まだ、いくつも乗り越えなければならない壁がありました。ご存知でしょうが、私の記憶力は並外れています。フィルム上に表わされたものは、全て私の脳裏に焼き付けられていきました。そこで左脳を――より優れている方を――特にその未知の文字の解読に当てる事にしました。

《私に劣らず知識のなかったシャンポリオンも、エジプト象形文字の解読に手を染めて、それでも彼は解読に成功したのだ。それなら、私がリングの脳の象形文字を解読できないはずはないだろう？》私はそう考えていました。しかし、それは、なかなか一筋縄では行かなかったのです。それがある時、まだその象形文字が読めないながらも、いくつかの記号が何度か繰り返されているのを突き止めたのです。特に頻繁に繰り返されたのがこんな記号です。

何を意味しているのかは、まだ解りませんでした。しかし、同じ記号が反復されているという事が、その後の研究の手がかりとなりました。私はフィルムの上に描かれたジグザグの線を眺め、それがいったい何を意味しているのかを考えていました。外界の事は、何一つリングの脳には伝わっていません。リングの脳は、まるで盲の聾唖者のように、永遠の闇と静寂の中に沈んでいたのです。それでも、彼は思い出に生きる事はできました。もしかすると、フィルムの上のこのジグザグ模様は――愛する女性についての、脳の思い出なのかも知れない……仮に私がこの象形文字の解読に成功したとします。それは、私にとって、脳の《心》の最後の拠り所――内面世界が開かれた事になります。それは科学的に見て大変興味深い事です。しかし、その時私は、単に科学的な事だけではなく、実務的な目的も追求していたのです。私には、ターナー教授がどこにいて、一体何が彼の身に起こったのかを聞き出す必要があったのですから。という事は、そして、何よりまずそれを聞き出すためには、

リングの脳が私の言う事を理解できるようにしなければなりませんでした。しかし、いったいどうやって？　私は一番単純な方法——力学的な刺激を脳に与える事にしたのです。《頭蓋》を開いて、殺菌されたゴムの指サックをはめた指で、最初は短く、それからもっと長く脳の表面を押してみました。それは、短点と長点に相当するはずで、言ってみれば、モールス信号の《a》です。リングは、モールス信号のアルファベットの全ては知らなかったかもしれませんが、しかし、《トン・ツー》——おそらくこれぐらいは知っていたでしょう。私はその動作を、間隔をあけて何回か続けてから、ドイツ語のアルファベットの次の文字に移りました。最初のレッスンでは、脳に四つのアルファベット、a、b、c、d、を覚えさせれば充分でした。

それと同時に、私はフィルムを監視していました。この、一風変わったレッスンが行われている間は、フィルム上に、今までに見た事がないような、通常よりもはるかに振幅の大きな波形が描かれていました。私の送った信号は、やはりリングの脳に届いていたのだと判断しました。もしかすると、押されてびっくりしたのかも知れませんし、もしかすると、痛みを感じたのかも知れませんが、いずれにせよ——脳は反応したのです。こうなったら、後はこの刺激が偶然ではないのだ、と脳が理解するまでこのレッスンを繰り返すだけです。自分に要求されているのが一体何なのかが解ってくれさえすればいいのです！　しかし、残念ながら、私の奇妙な生徒はかなり鈍感である事が解りました。ターナー教授の言った通りでしたよ。私が望んだのはただ一つ、私が発信した信号——《トン・ツー》と押した事に脳が電波で答えてくれる事

——その触覚に対応した記号として、フィルム上に反映させてくれる事でした。その先は、いずれかの文字を思い浮かべるか、もしくは、文字に対応する指圧の感触を再現しながら私に一文字ずつ信号を発してくれたら、私と会話ができるようになるはずです。

非常に面倒で手間のかかったその作業を、一々段階ごとに説明したりはしませんが、私の根気と独創性が大いなる試練にさらされた、とだけは言っておきましょう。しかし、忍耐と根気はどんな障害にも打ち勝てるものです。やっとの事で、リングの脳は話し始めました。数日後、リングは私の後に続けて文字を復誦するようになりました。つまり、それらの文字について考えながら、それぞれに対応した電波を発し、その電波は特定の記号としてフィルム上に反映されたのです。私は順番を崩して文字を《示唆》するようになり、脳は、それを正しく再現して行きました。課題は解決されたのです。しかし、脳は指圧が意味する事を理解し、そして、それを文字と関連付けられたのでしょうか？　私は《リング》と言う単語を《示唆》して、脳がその単語を一文字ずつ反復するのを待っていました。ところが、驚いた事に、フィルム上には《私》と書かれていたのです。リングは、《そうです、リング——それは私です》そう返事を返してきたにちがいありません。私はこの返事にすっかり喜んでしまって、人食い人種たちがリングの脳を食わなかったのはとんだ間違いだったな、などと思ってしまいましたよ。彼は、私が思っていた以上に頭の回転が速かったのです。それからはとんとん拍子でした。さらにいくつかの実験を行い、そして私は、彼との会話に成功しました。誰も私の成功を知らなかったにしろ、私は、もうシャンポリオンの栄誉が羨ましくはありませんでしたよ。私はその時、ターナー教授がどこにいるのか、リングは何を考え、感じているのか、の両方をすぐに知りたくてたまらなかったのですが、何よりも、生きた人間の安否を確認するのが最優先の課題です。そこで、私はリングに、ターナー教授について質問してみました。針がフィルムの上で動き始めました。脳が私に電報を送っていたのです。《ターナー教授は生きています。私たちは、谷間で大雨に襲われたのです》

《それはどこだね？》私は・と－を指先で脳に打電しました。脳は、かなり詳しく進路を指示して、我々はその指示に従ってここに、この野営地に辿り着いたのですよ。《アドワを目指して北に向かって行き、手前七キロメートルで東に進路を変えてください……》おおまかな指示の仕方はこんな風でしたね。ですが、その先が……もしリングが生きていたなら、我々を現地まで連れて行ってくれたでしょうが、しかし、ターナー教授がどこにいるのかを口頭で説明するとなると、生きていたとしても、やはり無理だったでしょうね。高くそびえるアムバ。断崖絶壁。深い谷間……数千ものアムバと谷間がその描写に当てはまります。私は不可能を——死後一週間経ったリングの脳に話をさせる事を——可能にしたのにもかかわらず、自分が必要としている情報を脳から得る事ができなかったのです。何時間にも亘って脳と格闘しました。おそらく、脳は疲れてしまったのでしょう。なにしろ、しばらくの間は私の質問に答えてはくれませんでしたからね。そして、その沈黙の後で、自分から、私を困らせるようなこんな質問を

してきたのです。《私はどこでどうしているんですか？　どうして真っ暗なんですか？……》

いったい何と答えたらよかったのでしょうね？　リングの体の一部は、どうやら自分では、未だに五体満足だと思っていたようなのです。『君はとっくに死んでいて、ただ、脳だけが残っているのだよ』リングの残骸にそう言ってしまうのは危険だ。私はそう思いました。もしかすると、リングの意識がその答えに衝撃を受けて、リングの脳はその事実を受け入れる事ができずに発狂してしまうかもしれませんでしたからね。そこで私は一計を案じたのです――答える代わりに質問したわけですよ『気分はどうかね？』私は医者のように脳に訊ねました。すると、脳は私に、自分の感じている事を《話し》始めました。彼は見る事も聴く事もできません。嗅覚と味覚も、やはり失われています。彼は温度の変化を感じています。時々《頭が冷える》そうです（ご存知のように、アビシニアの夜はかなり冷え込む事がありますし、昼と夜との気温の差は、三十度以上にもなりますからね。私は人工《頭蓋》で、外気温の影響から脳を守ってはいましたが、それでも脳は気温の変動を感じていたのです）。それ以外にも、脳は、私が《頭頂部》を押すと感じている事がありました。彼はこう言ったんですよ。『誰かが頭の天辺を押すんですよ』『それで、痛いかね？』私は訊ねました。『少し。何だか両足がしびれるような気がします』

考えても見てください。それがどれ程興味深い事なのかを！　丁度、頭頂葉の大脳皮質には、運動を司る神経と下半身のつま先までの感覚を司る神経が含まれています。私は、その方法で、脳の全域に亘って、どの感覚がどこに位置しているのかを測定できるようになったのですからね」

ワグナー教授は本棚から本をとると、ページを開いて、私に図版を見せた。

「見てください、ここに神経中枢が描かれていますね。私は色々な脳回や脳溝を押してみて、いったい何を感じるかを脳に訊ねました。『ぼんやりとした光りが見えます』私が視覚中枢を押すと、脳はそう答えました。『何か物音が聞こえます』聴覚神経の刺激にはそう答えました。個々の神経は、異なる刺激に対しても、ある一定の反応しか示さないのです。視覚神経は脳に光の感覚を伝えますね。その刺激が、光、圧力、電流のどれであろうと同じ反応です。他の神経もそれと同じように反応します。私が脳を押した事で、脳が光や音をイメージしたのは当然の事で、それは、私がどの中枢を刺激したかによるものなのです。私にとっては、大いなる観察の場が設けられた事になった訳ですよ。

でも、脳は、今まで一体何を考えていたのでしょうか？　私はそれが気にかかっていたのです。その事について脳に訊ねてみると、幸いな事に、脳は進んで私の質問に答えてくれました。《リング》は自分の身に起こった事は全て記憶しています。（リングの脳は、ずっとリングが生きているのだと信じていたのです）そして、彼は彼らが――ターナー教授とリング、そしてガイドが――ティグレを目指し、大雨に襲われる事になった深い渓谷に下りて行った時の模様を話してくれました。荒れ狂った流れは、谷間に沿って彼らを押し流して行きました。流れが急

刊行案内

No. 59

（本案内の価格表示は全て本体価格です
ご検討の際には税を加えてお考え下さい

ご注文はなるべくお近くの書店にお願い致しま
小社への直接ご注文の場合は、著者名・書名・
数および住所・氏名・電話番号をご明記の上、
体価格に税を加えてお送りください。
郵便振替　00130-4-653627 です。
（電話での宅配も承ります）
（年齢枠を超えて柔軟な感受性に訴える
「８歳から８０歳までの子どものための」
読み物にはタイトルに＊を添えました。ご検討
際に、お役立てください）
ISBN コードは 13 桁に対応しております。

総合図書目録

未知谷
Publisher Michitani
〒 101-0064　東京都千代田区神田猿楽町 2-5-9
Tel. 03-5281-3751　Fax. 03-5281-3752
http://www.michitani.com

リルケの往復書簡集二種完結

＊「詩人」「女性」からリルケ宛の手紙は本邦初訳

若き詩人への手紙

若き詩人F・X・カプスからの手紙11通を含む

208頁 2000円
978-4-89642-664-9

ライナー・マリア・リルケ、フランツ・クサーファー・カプス著／エーリッヒ・ウングラウプ編／安家達也訳

若き女性への手紙

若き女性リザ・ハイゼからの手紙16通を含む

ライナー・マリア・リルケ、リザ・ハイゼ 著 ／ 安家達也 訳

176頁 2000円
978-4-89642-722-6

8歳から80歳までの 岩田道夫の世界 子どものためのメルヘン

岩田道夫作品集 ミクロコスモス ＊

フルカラー A4判並製 256頁 7273円
978-4-89642-685-4

「彼は天才だよ、作品が残る。生きた証も人柄も全てそこにある。作家はそれでいいんだ。」（佐藤さとる氏による追悼の言葉）

波のない海＊

192頁 1900円
978-4-89642-651-9

長靴を穿いたテーブル＊

──走れテーブル！ 全37篇＋ぷねうま画廊ペン画8頁添

200頁 2000円
978-4-89642-641-0

音楽の町のレとミとラ＊

ブーレの町でレとミとラが活躍するシュールな20篇。挿絵36点。

144頁 1500円
978-4-89642-632-8

ファおじさん物語 春と夏＊

978-4-89642-603-8 192頁 1800円

ファおじさん物語 秋と冬＊

978-4-89642-604-5 224頁 2000円

らあらあらあ 雲の教室＊

シュールなエスプリが冴える！ 連作掌篇集 全45篇

廊下に出ている椅子は校長先生なの？ 苦手なはずの英語しか喋れない？ 空から成績の悪い答案で出来た紙飛行機が攻めてくる！ 給食のおばさんの鼻歌がいろんな音に繋がって、教室では皆が「らあらあらあ」と笑い出し……

192頁 2000円
978-4-89642-611-3

ふくふくふくシリーズ フルカラー64頁 各1000円

ふくふくふく **水たまり＊** 978-4-89642-595-6

ふくふくふく **影の散歩＊** 978-4-89642-596-3

ふくふくふく **不思議の犬＊** 978-4-89642-597-0

ふくふく 犬くん きみは一体何なんだい？ ボクは ほんとはきっと 風かなにかだと思うよ

イーム・ノームと森の仲間たち＊

128頁 1500円 978-4-89642-584-0

ィーム・ノームはすぐれた友だちのザザ・ラパンと恥ずかしが
)屋のミーメ嬢、そして森の仲間たちと毎日楽しく暮らしてい
ます。イームはなにしろ忘れっぽいので お話しできるのはこ
こに書き記した9つの物語だけです。「友を愛し、善良であ
れ」という言葉を作者は大切にしていました。読者のみなさん
、この物語をきっと楽しんでくださることと思います。

に曲がっている場所では、何度も激しく岩に体を打ちつけられ、ついには、大きなダム湖のようになった広い谷間に流れ着いたのです。谷底に生えていた葦は、流れがもたらした塵芥、木の枝や根こそぎ流されてきた木などを堰き止めて、巨大な堰を形成していました。旅人たちはそのよどみにはまり込んだのです。たまった水が堰を切って、一層激しい勢いで流れ出す前に、何とかしてそこから抜け出さなければなりません。岸までは到底辿り着けそうにありませんでした。水は荒れ狂い、ざわざわと波立ち、木の枝や粗朶が手足に絡みついてきました。それに、水かさはぐんぐん増して行き、すでに堰の頂上から溢れ出していました。そこでターナー教授は、残された唯一の手段――堰の下の空き地が水没してしまう前に堰を乗り越えて下に飛び降り、そこから高い所に避難するよう、大声で仲間たちに呼びかけました。彼らは言われた通りにしました。必死で堰を乗り越え、十メートルの高さから落ちて行ったのです。彼らは尖った岩の上に落ちました。ガイドは頭を打ち砕いて、堰の下の流れにさらわれてしまい、ターナー教授は、片足を折ってしまったものの、岸に向かって必死に這って行き、リング一人が無傷で済んだのです。二人は、アムバの高い岩棚の上にある貧しい集落にたどり着く事ができたのです。ターナー教授は床に伏してしまったので、リングは、助けを求めてアジズ－アベバに向ったのでした。彼は街まで後十キロメートルという所までは無事に辿り着いたのですが、そこで山賊から石を投げつけられて、頭に傷を負ってしまいました。しばらくして我に返ったリングには、まだ、何とかしてレーシェルの所まで辿り着けるだけの力は残っていたのです。そして、レーシェルの所にたどり着くと、そこで彼は力尽きて意識を失ったのです。それから意識を回復して、レーシェルと私を眼にすると、二言三言話してから再び意識を失ってしまったそうです。

『それからどうしたのかね？』私は気になって訊ねました。『それからは』脳は答えました『また意識を取り戻しました。でも、何も見えないし聴こえないんですよ。まるで両手両足を縛られて真っ暗な営倉にぶち込まれたみたいなんです。もう私には、今までの自分の人生を回想する以外には何もする事がないんです。そうやって回想しているうちに時間は過ぎて行き……』

私は何度もリングの脳に、その、大雨で流された渓谷までの詳しい道順を説明してくれるよう頼んだのですが、リングの説明は相変わらず要領を得なかったので、私はその説明に従って友人の捜索を続けるのは諦めました。『もし私の目が見えたら、あなたをそこまで連れて行けるんですが』脳はそう言っていましたよ。そう、もし彼が見聞きできるのなら、事は思い通りに運んだでしょうね。なんとかその問題を解決できないだろうか？　脳が受容できたのは、視神経を押した時に感じられるぼんやりとした光の感覚だけで、それは、我々が、閉じたまぶたの上から眼球を押した時に、いくつもの赤い斑点や円のようなものがあるのを感じるのと同じようなものです。しかし、それは視覚ですらありません。どうやったら脳に本物の視覚を与える事ができるでしょうか？

私は、数時間の間、ある計画に捉われていました。リングの脳を、何か他の動物の脳の代わりとして移植できないだろうか、私はそう考えていたのです。その手術の複雑さは気になりませんでした。全ての神経や脈管、それに類する様々なものを縫い合わせることはできると思っていましたからね。問題は……リングの脳を収めるのに丁度いい大きさのものを捜す事です。これが最大の難問でした。私は、リングの脳と比較しながら様々な動物の脳の大きさと重さについて考えてみました。リングの脳は千四百グラムです。象の脳は五千グラムです。象の頭蓋骨は人間の脳を収めるにはあまりにも大きすぎますね。クジラの脳は二千五十グラムで、比較的近い数値です。しかし、クジラが手に入る当てはありませんでした。それに、アビシニアのアムバにあって、いったいクジラに何ができるというのでしょう？　他の動物たちの脳は、人間の脳と比較するとあまりに小さすぎます。馬やライオンは――六百グラム、ウシやゴリラが――四百五十グラム、ゴリラ以外のサルは――もっと小さいですし、トラが――二百九十グラム、ヒツジが――百三十グラムで、イヌが――百五グラムです。リングの脳を備えたゾウかウマがいたら、ずいぶん面白い事になるでしょうね。そうすれば彼は、おそらく谷間に続く道を探し出してくれるでしょう。しかし、残念ながら、それは、あまりにも現実的ではありません。課題としては大変面白いし、いつかはそんな手術をする事もあるかもしれません。『しかし、今は』私は考えました。『できるだけ手っ取り早い方法で目的を達成しなければならないぞ』そこで私は思いついたのですよ」

ワグナー教授は立ち上がると、テントを仕切っているカーテンの所まで行くと、カーテンの裾を持上げて言った。

「よろしかったら、こちらの私の実験室を見学してみませんか?」

その一角は、テントの分厚い防水布を透かしてしか光が漏れてこなかったので、薄暗くなっていた。箱の上に置いてあった脳が眼に飛び込んできた。脳は黄色味がかった透明の膜で包まれ、円錐形のガラス蓋がかぶせてあった。別な箱の上には、何かの液体で満たされた大きな容器が置いてあり、その容器の底には二つの大きな眼球が沈んでいた。二つの眼球からは糸のような物が伸びていた。

「解りませんか?」ワグナー教授は微笑みながら訊ねた。「これは昨日の牝牛の眼玉です。最も簡単な方法ですよ! この神経の末端をリングの脳の視神経に繋いであります。牝牛の神経とリングの神経が癒着すると、リングは牝牛の片眼を用いて再び光を見られるようになります」

「どうして片目だけなんですか?」私は訊ねた「あなたはリングの脳に、一つしか眼を与えないんですか?」

「ええ。なぜかと言うと、我々の視覚というのは、どうやらあなたが思っているよりも、ずっと複雑なものなのですよ。視神経は脳に視覚映像だけを送っているのではありません。この神経は他のさまざまな神経にも作用していますし、とりわけ眼の筋肉の運動を司る神経や、言語の動きを司っている神経に大きく作用しています。そんな複雑な状況の下で両目の視力を調整するのは――至難の業なのですよ。何しろ、リングの脳は、自分の思い通りの方向に眼を動かしたり、両目のピントを一点に合わせる事ができる状況にありませんからね。この器官を操って、一点にピントを合わることができたら、彼にはそれで充分です。たしかにそれは完全な視覚ではありません。私が眼を持って、懐中電灯のようにその向きを周囲にむけてやる必要があります。そして脳は地形を把握すると、やはり不完全な方法ではありますが、モールス信号を使って指示を出すでしょう。面倒なのはそれだけではありません。レーシェルは我々の足手まといにしかなりません。それどころか、彼は全てを台無しにしてしまうかも知れません。考えてもみてください、彼は魂の不死を信じているような人間だし、そんな彼の友人の魂が、このようにして囚われているのを知ったとしたら！　私はレーシェルに対しては、こうしようと思っています。これ以上ターナー教授を捜しても無駄だと思う、そう言って、国に帰るなりなんなり、自分の好きにするように勧めてみます。彼は喜んで、私をここに残して行ってしまうのは間違いないと思います。もしあなたが私を手伝ってくれるなら、私は思う存分仕事ができるのですが」

私は二つ返事で同意した。

「それはよかった」ワグナー教授は言った「リングの脳は、朝までには視力を回復するのではないかと思っています。私は組織の結合を促進する薬を発明したのです。その頃までには、おそらくレーシェルもここを引き払うでしょう。そうしたら、我々は友人の捜索に出かけましょう。あなたも早朝には出かけられるように準備を整えておいてください」

Ⅳ　奇妙な案内人

翌朝、私はすでにワグナー教授のテントにいた。教授はいつものように愛想よく、少しいたずらっぽい微笑で私を迎えた。

「万事筋書き通りです」教授は挨拶をすると私にそう言った「レーシェル氏は、こんな場合にふさわしい、心からの悲しみを表明するとため息を付いて、眼を瞬かせると、すぐにいつもと変わらぬ調子に戻って、すぐに帰りの仕度を始めました。夜半にはもうここにはいませんでしたよ。私も、もちろんその時間を無駄にはしませんでした。さあ、見てください」

脳からは《胡散臭そうに》大きな牝牛の眼が覗いていた。その眼が私に向けられているのを見ると、私は薄気味悪くなった。

「もう一つの眼は、何かあった時のために持って行きます。特殊な溶液に浸してありますから、腐ったりはしませんよ」

「この眼に視力はあるんですか？」私は訊ねた。

「もちろん」ワグナー教授は答えた。教授は素早く脳を押し始め（ガラスの蓋は外してあった）、それからフィルムに眼をやった。

「見てください」ワグナー教授は私に向き直ると言った「私は目の前に立っているのは誰か、と脳に訊ねてみたのですが、すると、脳はかなり正確にあなたの外見を説明しましたよ。これなら、我々はもう出発できます」

私たちは、ガイドもポーターも連れず、すっかり身軽にして出かける事にした。行く先を指示しているのが牝牛の眼だと知ったら、連中はいったい何事だと思うだろうか！　それが心配だったのだ。原住民と出くわすと、教授は脳の入っている箱に、眼が見える程度の隙間を残して覆いをかけた。脳からの電信を記録しているフィルムは外側に出してあって、道が正しいかどうかはそれで確認していた。リングは期待を裏切らなかった。彼には、かなり優れた視覚的記憶能力があったのだ。口頭で道を説明できる状態ではなかったにしろ、いまやかなり優秀な道案内人だった。見知った場所を眼にする事ができるのは、どうやら脳にとってはとても嬉しい事らしかった。彼は率先して私たちに指示を出していた。

《真っ直ぐ……左へ……もう少し……下ってください……》

私たちは、散々苦労しながらも、深い谷を下りきった。夏の大雨の時期は、すでに過ぎ去っていた。谷底に水はなかった。だが、そこには、腐敗した獣たちの死骸や、朽ちた植物などからの耐え難い悪臭が立ち込めていた。山の住人たちはこの悪臭のために、ここには降りてこられないのだった。

《ここに堰があったんです》脳は信号を送ってきた。十メートルの高さがあった堰も、乾いた谷底を覆っている塵芥を残して跡形もなくなっていた。私たちは広い空き地に出た。そこでは、雨の時にだけ流れ出して山肌を浸食する何十もの小川や流れが合流していたようだった。

集落に辿り着くまでには、数十キロメートルもの迂回を余儀なくされたほど深い森林地帯をやり過ごさなければならなかった。その密林では、時にはゾウですら牙を折ってしまうのだ。

貧しいアビシニアの集落の、雨風もしのげないような掘っ立て小屋で、私たちはついにターナー教授を発見した。幸い、暖かい天気が続いていたので、ターナー教授は湿気や寒気に悩まされてはいなかった。教授の気分はよさそうだったが、歩くのはまだ辛そうだった。ターナー教授は、ワグナー教授がやって来た事にひどく驚くとともに、とても喜んだ。

「レーシェルは、リングはどこにいるのですか?」

幸い《リング》には何も聴こえないので、ワグナー教授は私たちの奇妙な案内人の事を、ターナー教授に話した。ターナー教授は何度も首をかしげて考え込んでいたが、しばらくすると、さも可笑しそうに笑い出した。

「こんな悪戯ができるのは君だけだよ、ワグナー」ターナー教授は何度も友人の肩を叩きながらそう言った「どこにいるのかな? 見せてくれたまえ」

ワグナー教授は、箱の中から外を覗いていた牝牛の眼の覆いを外すと、ターナー教授は、ぺこりと頭を下げて挨拶をして、ワグナー教授はターナー教授の挨拶の言葉を脳に打電した。

「私はどうなってしまったんですか?」リングの脳はターナー教授に訊ねたが、やはりターナー教授も、その奇妙な病気について《リング》に説明する事はできなかった。

これで冒険は終わった。私たちは一緒にヨーロッパに帰ってきた。ターナー教授とワグナー教授、そして私だ。レーシェルは、私たちよりも一足先に帰っていた。失礼、私はもう一人の同行者の名を挙げるのを忘れていた。リングの脳も、やはり私たちと一緒だったのだ。私たちは、ベルリンでターナー教授と別れた。教授は別れ際に、リングの脳の事は誰にも話さないと約束した。

その脳は、どうやら、今でもモスクワのワグナー教授の研究室で生き長らえているようだ。少なくとも、ワグナー教授の最後の手紙には――それは、受け取ってからまだ一月も経っていなかったのだが――こう書いてあったからだ。

《リングの脳があなたによろしく言っています。彼は元気にしていますし、リングが残せたのは脳だけだった、という事は、もうすでに知っています。彼は、それを知った時にも、あまり驚きはしませんでしたよ。私は、もう少し驚くかと思っていたんですがね。『こんな風になっていても、何もないよりはましですからね』脳はそう答えました。私は、多くの、非常に貴重な観察をする事ができました。話しは少し変わりますが、脳細胞が成長を始めましたよ。おかげで、今やリングの脳はクジラの脳と変わらないほどの重さになりました。しかし、だからと言って、より利口になった訳ではないのですが……》

ワグナー教授のコメント。

《組織だけでなく、完全な状態で人体から切り離された器官は、生きる事はもちろん、成長する事もできるのです。学者たちは（ブラウン・セカール、カレル、クラヴコフ、ドクトル・ブリュホネンコやチェチューリン、他）、指や耳、心臓、それに犬の首まで蘇生させました。栄養補給には、血液や、血液に化学的な成分を近づけた溶液、生理溶液、と呼ばれる物を使っています。組織や器官はかなり長い間生かしておけます。組織であれば、数年間でも可能です。そのため、脳の蘇生も学術的には完全に可能であると言えるでしょう。しかし、私が疑問に感じているのは、果たしてこのようにして蘇生された脳が、会話をする事ができるようになるのか、という事です。脳や神経は、それらが働いている際には、たしかに電磁波を放出しています。それは、アカデミー会員であるバフチェリョーフやパブロフ、ラザレフ、らの研究によって確実に立証されています。しかし、我々はまだその脳波を《読み取れる》までには至っていません。アカデミー会員のラザレフはそれについて、自身のある著作の中でこう書いています。《現在我々に出来る事は、電磁波の存在を証明する事だけであって、その役割を厳密に特定するまでには至っていない》リングの脳を蘇生させて、話し合うことができたなら、それは、私にとっても大変喜ばしい事ではありますが、残念ながら、その可能性は、科学的予想の域を出てはいないのです。

ワグナー》

ホイッチ－トイッチ　アフリカの事件簿2

I　稀に見る役者

ベルリンのブッシュ大サーカスは、満員の観客で溢れていた。広々としたバルコニー席ではボーイたちが、まるでコウモリのように、ひらひらと音もなくビールを配って回っていた。蓋の空いたジョッキはまだ飲み足らないと言う意味で、ボーイたちはそれをなみなみと注がれたジョッキと交換して、じかに床に置くと、次の客の許に急いだ。丸々と太った母親と、すでに成人しているその娘たちは油紙の包みを広げて、サンドイッチを取り出しては、何種類もあるソーセージにかぶりついていたのだが、皿のように見開かれた眼は演技場からそらさなかった。

だが、これほどまでに多くの人々をサーカスに呼び寄せたのは、断食芸人でも、人間ポンプでもない、という事は観客の名誉のためにも言い添えておく必要があるだろう。観客は皆、第一部が終って休憩時間になるのを、今や遅しと待ち構えていた。休憩が終ると、いよいよホイッチ－トイッチの登場なのだ。彼に関する様々な奇跡が語られていた。彼に関する記事が何本も書かれていた。学者たちも彼に興味を示していた。彼は謎の存在であり、人気者であり、磁石のような存在だった。彼が出演するようになってからというもの、サーカスのチケット売り場には、毎日のように、《本日売り切れ》の札がかけられる様になったのだ。何しろ、彼は、かつてはそこを覗いてみようともしなかった人々をもサーカスに呼び寄せる事ができたのだ。たしかに、二階席やバルコニー席を占めていたのは、小役人や家族連れの労働者、商店の店員やその上司などといった、サーカスの常連客だったが、特別ボックス席や最前列の席は、真面目腐った、ともすれば仏頂面をしているような白髪頭の老人たちで占められていた。彼らは、申し合わせたように形遅れのコートや上っ張りを着込んでいた。最前列にいる観客の中には若い者もちらほら見受けられたのだが、彼らも、やはり老人たちと同じように、真剣な面持ちで黙りこくっていた。彼らは、ブッテルブロードにむしゃぶりついたり、ビールを飲んだりはしていなかった。彼らはまるでバラモン階級の人々のように周囲とはなじまず、身じろぎもせずに坐ったままで、ホイッチ－トイッチの登場する第二部を待っていた。彼らがやってきたのは、彼を見るためだったのだ。

　休憩時間になると、皆は口を揃えて、次に登場が迫っているホイッチ－トイッチの事ばかりを話していた。最前列の学者たちもざわついていた。そして、ついに待ちに待った瞬間がやって来た。高らかにファンファーレが鳴り響き、赤地に金色の制服を着込んだサーカスの場内係たちが整列して、入場口のカーテンが大きく左右に開かれると、満場の拍手喝采を浴びて、彼が——ホイッチ－トイッチが登場した。それは巨大なゾウだった。金の刺繍が施され、モールや房の付いた帽子を頭に載せていた。ホイッチ－トイッチは、燕尾服を着込んだ小男のゾウ使い——彼は左右にお辞儀をしながら歩いていた——に付き添われて演技場をぐるりと一回りした。それが終ると、ゾウ使いは演技場の中央に進み出て、そこで立ち止まった。

「アフリカゾウだな」白髪頭の教授は同僚に耳打ちした。

「私はインドゾウの方が好きなんだがね。あっちの方が、体型が丸みを帯びているからね。まあ。こういう言い方がふさわしいかどうか解らんのだが、より文化的な動物だ、という感じがするんだよ。アフリカゾウの容姿はもっと荒っぽくてとげとげしい印象だな。アフリカゾウが真っ直ぐ鼻を伸ばした所なんかは、まるで猛禽類か何かのように見えるからね」

象のそばに立っていた、燕尾服を着込んだ小男は、えへん、と咳払いすると、話し始めた。

「紳士淑女の皆様方！　皆様に、噂に名高い学者ゾウ、ホイッチ－トイッチをご紹介させていただきます。体長は——四メートル半、体高は——三メートル半。尻尾の先から鼻先まではなんと——九メートルもございます……」

ホイッチ－トイッチは突然鼻を持ち上げると、燕尾服を着込んだ男の目の前で振り回した。

「これはしたり、間違えました」ゾウ使いは言った。「鼻の長さが二メートル、それで尻尾が——およそ一メートル半。そうしますと、尻尾の先から鼻先までは——七メートル九十センチから八メートルとなるのであります。そして、毎日三百六十五キロの草を食べ、十六ベドロ（一ベドロ約十二・三リットル）の水を飲むのであります」

「ゾウの方が人間より勘定が上手じゃないか！」冷やかしの声がかかった。

「君、見たかね。ゾウがゾウ使いの計算間違いを訂正したんだよ！」動物学の教授は同僚に言った。

「偶然だよ」その同僚は言った。

「ホイッチートイッチは」ゾウ使いは続けた「古今東西、あらゆるゾウの中でも飛びぬけた天才で、おそらく、あらゆる動物たちの中でも最も天才でありましょう。彼はドイツ語も理解いたします……お前は解るよな、ホイッチ？」彼はゾウに向かって話しかけた。

ゾウはもっともらしく頷いて見せた。観客は拍手を送った。

「いかさまだよ！」シュミット教授は言った。

「まあ、この先を見てご覧よ」シトリッツが反論した。

「ホイッチートイッチは計算もできますし、数字を見分ける事もできるのです……」

「御託はもう結構だよ！　見せてもらおうじゃないか！」上段の席から誰かが叫んだ。

「誤解をなさいませんように」燕尾服を着込んだ男は、落ち着き払った様子で続けた「何人かのお客様に、立会人としてにこちらの演技場までお越しいただきまして、種も仕掛けもない事を証明していただこうと存じます」

シュミットとシトリッツはお互い顔を見合わせてから、演技場に出て行った。

そして、ホイッチ－トイッチはその恐るべき能力を発揮し始めたのだ。彼の目の前には数字の書かれた大きな四角い紙片が積み上げられ、その山から答えに合った数字を選び出して、足し算や、掛け算、割り算などをやってのけた。一桁の計算が二桁になり、ついに三桁になった。それでもゾウは間違える事なく問題を解いていった。

「さあ、何とおっしゃいますかな？」シトリッツは訊ねた。

「まあ見ていたまえ」シュミットは負けを認めなかった。「奴はどれだけ数字が解っているのかな」そう言うと、懐中時計を取り出し、それを高々と掲げてゾウに訊ねた「ちょっと教えてもらえるかな、ホイッチ－トイッチ君、今は何時だね？」

ゾウは、ついい、と鼻を伸ばして、シュミットの手から素早く時計をひったくると、自分の目元まで持って行き、それから、呆気に取られている持ち主にその時計を返すと、紙片を組み合わせて答えを作った。

《10：25》

シュミットは時計を覗き込むと、決まり悪そうに肩をすくめた。ゾウがきちんと正しい時間を答えて見せたからだ。

次の出し物は読み方だった。ゾウ使いはゾウの目の前に、一枚ずつ違った動物の絵が描かれている大きな紙を何枚か広げた。それとは別な紙には、それぞれに、《ライオン》、《サル》、《ゾウ》、などと書いてあった。ゾウは動物の絵を見せられると、その動物と一致する名前が書いてあるボール紙を鼻で指し示した。今度もやはり、一度も間違えなかった。シュミットは、実験のやりかたを変えるよう頼んだ。今度はゾウに単語を示して、それに一致する絵を捜させたのだ。ゾウはそれも間違いなくやってのけた。

最後に、ゾウの目の前には文字が並べられた。質問に答えるには、文字を拾い上げて言葉を作らねばならなくなったのだ。

「君の名前は?」シトリッツ教授が質問した。《いまは　ほいち　といち》ゾウは答えた。

「《いまは》、とはどういう事かね?」今度はシュミットの番だった「すると、以前君は違う名前だったのかね?　以前は何と言う名前だったのかね?」

《さぴえんす》ゾウは答えた。

「つまり、それはホモ-サピエンス、って事なのかな?」シトリッツは苦笑いを浮かべて言った。

《たぶん》ゾウの答えは謎めいていた。

それからゾウは、鼻で文字を選び始め、それで言葉を作った。

《きようは　もう　おしまい》

会場の四方に向かってお辞儀をすると、ホイッチ-トイッチは、引きとめようとして叫ぶゾウ使いの声には耳も貸さずに退場してしまった。

休憩時間になると、学者たちは喫煙室に集まって、いくつかのグループに分かれると、活発な議論を戦わせた。そこから離れた部屋の隅では、シュミットとシトリッツが議論していた。

「君は覚えているかね」シュミットは言った「かつて、とんでもないセンセーションを巻き起こしたウマがいただろう、ハンス、とか言う名前だったかな？　そのウマは、平方根を求めたり、そのほかにも色々と複雑な計算をやってのけたのさ。蹄を鳴らして答えたんだ。しかし、後になって解ったんだが、それはハンスの飼い主が、密かに送られる信号に従って蹄を打つように調教したからだったんだよ。計算なんて、盲の子犬ほども解っちゃいなかったのさ」

「それは単なる推測だな」シトリッツは反論した。

「それなら、トロンダイクとヨークスの実験は？　彼らは、動物が自然連想をするように仕込んだのさ。動物の前にいくつかの箱を一列に並べてあるのだが、その箱のうちの一つだけに餌が入っている。例えば、その箱が右から二番目だとしよう。もし動物が、どの箱に餌が入っているのかを当てたら、自動的に箱が開いて、そいつは餌にありつけるのさ。こうする事によって、動物たちには連想が出来上がるんだ。《右から二番目の箱――餌》、ってね。それから箱の順番を変更するんだ」

「君の懐中時計にも餌が入っていたのかな？」シトリッツは皮肉るような調子で訊ねた「さっきの事は一体どうやって説明してくれるのかな？」

「もちろんゾウは私の時計を見ても、まったく何も解らなかっただろうよ。あいつは、ただ目の前にきらきら光る丸いものを持って行っただけなんだよ。そして、おそらく数字を書いてあるボール紙を選び始めた時に、ゾウ使いは、我々には判らないような方法で指示を出していて、ゾウはそれに従っていただけなんだよ。この茶番の全ては、ゾウ使いがゾウの体長の計算ミスをして、それをホイッチ－トイッチが《訂正》した時から始まっていたのさ。条件反射であって、それ以上の何物でもないんだよ！」

「サーカスの団長は、公演終了後に私たちがここに残って、ホイッチ－トイッチに一連の実験を行う事を許可してくれたよ」シトリッツは言った「君も参加してくれるだろうね？」

「もちろんだとも」シュミットは答えた。

II　侮辱に耐えかねて

サーカスに客がいなくなると、場内の大きな照明は、演技場の上にぶら下がっている物を残して全ての明かりが落とされて、再びホイッチ－トイッチが連れてこられた。シュミットは、実験にはゾウ使いが同席しないよう頼んだ。すでに燕尾服を脱いで、厚手のジャケットを着込んでいた小男は肩をすぼめた。

「気を悪くなさらんで下さい」シュミットは言った「お名前を知らなくて申し訳ないのです

が……」

「ユングです、フリードリヒ・ユングですよ。何かとお手伝いができると思うのですが……」

「お気になさらんで下さい、ユングさん。我々は一切疑いの余地がないような状況で実験したいのですよ」

「どうぞご自由に」ゾウ使いは言った「ゾウを引き上げてもよくなったら声をかけてください」彼はそう言うと出口に向かった。

学者たちは実験に取り掛かった。ゾウは気が利いたし、聞き分けもよく、いくつかの質問や問題には間違いなく答えていた。ゾウのやる事なす事は、驚きの連続だった。ゾウの答えは、調教やトリックでは説明のつけようがなかった。このゾウが、驚くばかりの知性——ほぼ、人間と変わらない意識——を持っている事は、紛れもない事実として認めざるを得なかった。シュミットはすでに、半ば負けを認めていたのだが、意地を張って論争を続けていた。

ゾウの方は、どうやらその果てしのない議論にうんざりしていたようだった。ゾウは、不意にすっと鼻を伸ばすと、シュミットのチョッキのポケットから時計を取り出して、それを持ち主の目の前に差し出した。時計の二本の針は十二を指していた。それから、ホイッチ－トイッチは時計を返すと、シュミットの襟首をつかんで持ち上げ、演技場を横切って、出口まで通じている通路に連れて行った。教授は、怒りのあまりに大声で叫んでいた。他の教授たちはどっと笑い出した。厩に続く通路からユングが駆け出してくると、ゾウに向って叫んだ。しかし、ホイッチ－トイッチは、完全に彼の事を無視していた。シュミットを廊下に追い出して厄介払いを済ませると、ゾウは物言いたげな眼つきで演技場に残っていた教授たちを見詰めた。

「我々ももう行きますよ」シトリッツは、まるで人間に話しかけるようにゾウに話しかけた「あまり怒らんで下さい」

そう言うと、シトリッツが、その後に続いて、何とも罰の悪そうな顔をしたほかの教授たちが、演技場から去っていった。

「ホイッチ、お前さんがあいつらを追い出してくれて助かったぜ」ユングが言った「おれたちはそんなに暇じゃないんだからな、ヨハン！　フリードリヒ！　ヴィルヘルム！　どこにいるんだ？」

演技場には数人の団員たちが現われると後片付けを始めた。レーキで砂を均し、通路を掃いて、ポールや梯子、ループといったような品物を片付けたりし始めたのだった。ゾウはユングを手伝って舞台装置を運んでいた。しかし、それも嫌々やっているようだった。むしゃくしゃしていたのか、それとも、時間外に行われた第二幕で疲れてしまったのかも知れなかった。首を振り振り、鼻で荒い息をして、運んでいる舞台装置をがたがた鳴らしていた。ゾウが強い力で引っ張ったために、運んでいた舞台装置の一つが壊れてしまった。

「静かにしないか、このろくでなし！」ユングはホイッチに向って叫んだ「なんで仕事をいやがるんだよ？　のぼせ上がってるんじゃねえのか？　字を書いたり計算したりできるから、もう体を使った仕事はしたくない、ってのか？　どうしようもないんだぜ、お前さん！　ここはてめえの養老院じゃねえんだよ。サーカスじゃあみんな働いてるんだぜ。エンリコ・フェリーを見てみろよ。曲馬の名人で、世界中に名が知れてるってのに、自分の出番じゃない時にも制服を着て、《全体挨拶》に出て、調教師たちと一緒に、並んで立ったりしてるだろう。それに演技場をレーキで均したりもしてるんだぜ……」

それは本当だった。ゾウもそれは知っていた。だが、ホイッチ－トイッチにとっては、エンリコ・フェリーの事などどうでもよかった。ゾウは鼻を鳴らすと、演技場を横切って、出口に向かって歩き出した。

「どこに行くんだよ？」ユングは途端に声を荒げた「まてよ！　まてったら、お前に言ってるんだぞ！」

そして箒を手にすると、ゾウに駆け寄り、その太い太ももを箒の柄で打ち据えた。ユングは今まで一度もゾウを叩いた事はなかった。そもそも、ゾウがこれほど反抗的な態度をとった事は、かつてなかったのだった。ホイッチは突然大きな声で吠えた。小男のユングは腹を押さえて地面にうずくまってしまった。まるで、その雄叫びで自分の内臓がひっくり返ってしまったように感じたのだ。ゾウは後ろを振り向くと、まるで子犬のようにユングをひっ捕まえて、何度も宙に放り投げては捕まえるのを繰り返してから地面に下ろし、鼻で箒をつかむと演技場を歩きながら、砂の上に文字を書いた。

《私を叩くな！　私はけものじゃない、人間だ！》
そして箒を投げ捨てると、ゾウは出口に向かって歩いて行った。ゾウは厩の馬たちの脇を通り過ぎて、門の所にやって来ると、その巨大な体を門に押し当て、肩口で押し込んだ。門はめりめりと音を立て、そのとてつもない圧力に耐えられずに木っ端微塵に吹き飛んだ。ゾウは自由の身になった……

＊＊＊

サーカスの団長、ルードヴィヒ・シトロムは、とても不安な一夜を過ごす事となった。彼は、寝室のドアを下男がおずおずノックをして、急用があってユングがやって来た、と報告した時には、もう、うとうとしかけていたのだ。サーカスで働く人たちは、事務方も現場も厳しく教育されていたので、こんな夜遅くに、あえて彼を煩わせるという事は、よほどの事が起こったのだとシトロムには解った。ガウンのまま、素足に靴をつっかけると、彼は狭い応接間に入っていった。

「いったいどうしたんだ、ユング？」団長は訊ねた。

「とんでもない事になっちまったんですよ、シトロムさん！……ゾウのホイッチ＝トイッチの野郎、気が狂っちまったんですよ！……」ユングは眼を大きく見開いて、途方にくれた様子で両手を広げて見せた。

「お前こそ……気は確かなのか、ユング？」シトロムは訊ねた。

「私の言う事が信じられない、って言うんですか？」ユングはむっとした様子で言った「私は酔っ払ってもいないし、気は確かですぜ。もしあなたが私の言う事を信じられない、って言うのなら、ヨハンやフリードリヒ、それにヴィルヘルムにでも聞いてみればいいでしょうよ。奴さんたちは一部始終を見ていたんですからね。ゾウの野郎は、私の手から箒をひったくって、演技場の砂の上に、《私はけものじゃない、人間だ》、そう書いたんですよ。それから私を天井に向って十六回も放り投げて、厩を通り抜けて、門を破って逃げて行っちまったんですよ」

「なに？　逃げた？　ホイッチ-トイッチが逃げたと言うんだな？　何ですぐにそう言わないんだ？　お前はちょっと足りないんじゃないか？　今すぐ、奴を捕まえて連れ戻すための手を打たないといかんな。さもないと、奴は何かとんでもない事を仕出かさないとも限らんからな」

シトロムの目の前には、警察から送られてきた罰金の納付書や、作物の損害に対する農家からの莫大な請求書、ゾウの仕出かした損害の賠償請求裁判への出頭命令書などが、ありありと浮かんでいた。

「今晩の当直は誰だ？　警察には連絡したのか？　ゾウを捕まえるのにどんな手を打ったんだ？」

「私が当直で、できる限りの手は打ってありますよ」ユングは答えた「警察には連絡していませんが、いずれ解る事ですからね。私はゾウの後を追っかけて、ホイッチ－トイッチを男爵様とか伯爵様とか、挙句の果てには大元帥閣下なんて呼んで、帰るように頼み込んだんですよ『閣下、お帰りになられてください！　お戻りになられてください、公爵様！　あなた様の事にすぐに気がつかなかった事、お詫び申し上げます。サーカスの中は暗かったものですから、あなた様をゾウと勘違いしてしまったんでございますよ』そう大声で言ってやったんです。でも、ホイッチ－トイッチの野郎は、私をちらっと眺めて、軽蔑するみたいに、ふん、と鼻を鳴らして、とっとと行っちまったんですよ。ヨハンとヴィルヘルムが、オートバイで後を追っかけています。ゾウは、ウンター・デン・リンデン大通りに出ると、シャルロッテンブルグ街道を通ってティーアガルテンを越えて、グルーネヴァルト山林区に向っていったんです。今頃はハーフェル川で水浴びでもしてるでしょうよ」

電話が鳴った。シトロムは電話機に駆け寄った。

「もしもし……ああ、私ですが……存じております、有り難うございます……出来る限りの事はいたしますが……消防隊ですって？　それはいかがな物でしょうか……あまりゾウを刺激しない方がよろしいかと思いますが」

「警察からだ」受話器をおくとシトロムは言った「消防隊を派遣して、ポンプで放水して追い立てたらどうかと言うんだ。しかし、ホイッチ－トイッチは相当慎重に扱わんといかんだろう」

「気ちがいを刺激しちゃいけませんよ」ユングは訳知り顔で言った。

「ユング、あのゾウは、何と言ってもお前の事を一番よく知っているんだからな。なるべく近くにいるようにして、何とかなだめすかしてサーカスに戻らせるようやってみてくれ」

「もちろんやってはみますがね……ヒンデンブルグさま＊、とでも呼んでみましょうか？……」
＊ヒンデンブルグ：ドイツ国（ヴァイマル共和政）第二代大統領（在任一九二五〜三四）。
ユングは出て行ったが、シトロムは電話で報告を受けたり、指示を出したりしているうちに、とうとう朝まで一睡もできなかった。ゾウはファウエン島付近で長々と水浴びをした後で畑を襲って、キャベツとニンジンを食べつくし、隣の果樹園で、デザートのリンゴを食べてから、フリーデンスドルフの営林地区に向った。

しかし、どの報告を聞いても、ゾウは人間には危害を加えず、無駄な破壊活動もせず、概してかなり行儀がいい、との事だった。歩く時にも、野菜を踏みつぶしたりしないように、慎重に畑を避けて、なるべく街道筋や田舎道を歩くようにしていた。そして、畑や果樹園に侵入するのは、空腹に迫られて野菜や果物を食べる時だけだった。しかし、その時にもかなり慎重にふるまっていて、むやみに畝を踏み潰したりはしないで、きちんと畝から畝へとキャベツを食い漁り、果樹の枝を折ったりしないようにしていた。

朝の六時になるとユングが現われた。彼はくたくたに疲れ果て、埃にまみれ、真っ黒な顔は汗だくで、着ている服はずぶぬれだった。

「首尾はどうだね、ユング？」

「相変わらずですよ。何と説得しようが、ホイッチ－トイッチの野郎は頑として聴きやしないんですよ。私は奴さんを《大統領閣下》って呼んだんですがね、そうしたらそれに腹を立てやがって、おかげで私は湖に放り込まれちまいましたよ。あのゾウの野郎は誇大妄想狂ですが、どうやら人間の場合とはちょっと違うようでしたね。そこで、私はもっともらしい事を言って説得をする事にしたんですよ。『君』、敬称はまずいと思ったんです『君は、アフリカにいるとでも思っているのかい？　ここはアフリカじゃあないんだよ。北緯五十二・五度だからね。なるほど、今は八月だから、どこに行っても果物や野菜があるからいいようなものの、これから寒波が襲ってきたら、一体、君はどうするつもりなのかな？　まさか、ヤギのように木の皮を食べるわけにも行かないじゃないか？　考えても見たまえ。ここ、ヨーロッパには、君たちの遠い祖先に当るマンモスが住んでいたが、寒波にやられて死に絶えてしまったんだからね。そんな事なら、家に、サーカスに戻った方がよくないかな？　サーカスにいれば、暖かくしていられるし、腹いっぱい食事も出来て、身なりもよくしていられるんだからね』ホイッチ－トイッチの野郎は真剣に私の話を聞きながら、しばらく考え込んで、それから……鼻から水をぶっかけてきやがったんですよ。五分間の間に二度も水浴びしちまったんですからね！　もう勘弁してくださいよ！　これで風邪を引かなかったら、そっちの方がどうかしてますよ……」

III　宣戦布告

ゾウに対して道義的に働きかけるという試みも全ては無駄に終わり、ついにシトロムは、強硬手段を取る事に同意せざるを得なくなった。営林地区には、蒸気ポンプを装備した消防隊が派遣された。警察に指揮された消防隊員たちは、ゾウから十メートルの距離まで接近すると、ぐるりと半円形に取り囲んで、その巨大な動物に向けて、激しく放水した。しかし、ゾウは水浴びが大好きだ。ゾウはただ大きく鼻を鳴らしながら、右を向いたり左を向いたりして水を浴びていた。そこで、十本のホースの水流を一本にまとめ、その強烈な水流をゾウの頭部、直接目に向けて放った。それがゾウの機嫌を損ねた。ゾウは大きく一声吠えると、消防隊に向ってやってきた。その様子があまりに毅然としていたので、攻撃側は震え上がり、ホースを放り出すと、蜘蛛の子を散らすように逃げて行った。ホースは一瞬にして断ち切られ、消防車は次々とひっくり返された。

その時から、シトロムが支払わなければならない賠償金の金額は、ぐんぐんと増え始めた。ゾウは怒り狂っていた。ゾウと人間の間に、宣戦布告がなされたのだ。そして、ゾウは、人間たちにとって、この戦争のつけがいかに高くつく物なのかを見せ付けようとしていた。数台の消防車を湖に沈め、営林所の番小屋を破壊して、一人の警察官を捕まえると、高い木の上に置き去りにした。そして、それまでは慎重に行動していた彼が、今や、勝手気儘に破壊活動をするようになっていた。しかも、ゾウはその破壊活動においても、やはりその並外れた知恵を発揮したので、並のゾウが暴れ狂うよりも遥かに多くの損害をもたらした。

警視総監は、フリーデンスドルフ営林地区で起きている事件の報告を受けると、ライフルで武装した警察の大部隊を動員して営林地区を包囲し、ゾウを射殺するよう指令を出した。シトロムは絶望に陥っていた。ホイッチートイッチほどのゾウは、決してこの先見つける事はできないだろう。団長は、すでに心の底では、ゾウの仕出かした事に対しては支払いをしなければならない、と腹を括っていた。もしホイッチ－トイッチが考え直してくれさえすれば、その分の金は熨斗をつけて返してくれるだろう。シトロムは、意地になったゾウを何とか説得できるのではないか、と一縷の望みを抱いて、指令の実行を猶予してくれるよう警視総監に頼み込んだ。

「十時間差し上げましょう」警視総監は言った「営林地区は一時間後には全面的に封鎖されます。もし警官隊に援護が必要になるようだったら、私は軍を要請しますからね」

シトロムは緊急会議を招集した。その会議には、サーカスの団員のほとんどが参加し、そのほかにも、動物園の園長が、助手を連れて出席していた。その会議の五時間後には、営林地区のいたるところに落とし穴や罠が仕掛けられた。並のゾウならその巧妙に仕掛けられた罠にかかってしまっただろう。しかし、ホイッチ－トイッチだけは別だった。彼は落とし穴を見破っては避けて通り、ロープにつながれた鉄の重りに繋がった板を踏んだりはしなかったのだ。その重りがゾウの脳天に命中したら、そのゾウはきっと失神して倒れてしまっただろう。

約束の時間が刻々と過ぎて行った。強力な部隊はじりじりと包囲の輪を狭めて行った。ライフル銃を持った警官たちは、ゾウのいる湖に向かっていた。すでに木々の間からはホイッチの巨大な体が見えていた。彼は、鼻で水を吸い上げると、その鼻を上に持ち上げ、噴水のように水を噴き上げた。空中に広がった水は、まるで雨のように、ホイッチの広い背中に降りそそいだ。

「狙え！」士官は押し殺した声で号令をかけた。そして高らかに叫んだ「撃て！」

一斉射撃の銃声が鳴り響いた。鬱蒼とした森は、繰り返す木霊で応えた。ゾウは、ぐっと顔をそむけ、血まみれになりながらも、真っ直ぐ人間たちを目掛けてやってきた。警官隊は繰り返し発砲したが、ゾウはその弾丸をものともせずに走り続けていた。警官たちの射撃の腕は確かだったのだが、ゾウを解剖学的に理解していなかったので、彼らの放った弾丸はゾウの致命的な急所——脳や心臓には命中しなかった。ゾウは痛みと恐怖のために凶暴な叫び声を上げ、鼻を前方に伸ばすと、急いでそれを巻き込んだ。鼻は大変重要な器官で、鼻がなければ、ゾウは生きて行けない。そのため、ゾウたちが、鼻を防御や攻撃のための武器としては使うのは、いよいよ土壇場に追い詰められた時だけだった。ホイッチはぐっと頭を下げた。すると、長さは二メートル半、重さがそれぞれ五十キログラムの巨大な牙が、まるで恐るべき破城槌のようにして敵に向けられた。鬼気迫るような姿だった。しかし、人間たちは、規律で律せられていた。彼らは、持ち場を離れず、休みなく射撃を続けていた。

ゾウは、居並ぶ警官たちを蹴散らして包囲網を突破すると、行方をくらませてしまった。

ゾウの追跡が始まったが、捕まえるどころか、追いつく事すらそう生易しい事ではなかった。

警官隊は道路伝いにしか移動できなかったが、ゾウは今や、もう道は選ばずに、果樹園であろうと、畑であろうと、野原であろうと、森であろうと、強引に駆け抜けて行ったのだった。

Ⅳ　ワグナー教授登場

シトロムはうろうろ書斎を歩き回りながら、吐き捨てるように、同じ言葉を何度も繰り返していた。

「破産するぞ！　おれは破産するんだ！……ゾウが仕出かした損害を賠償するために全財産を投げ出さなければならんし、その上、当のホイッチ－トイッチも射殺されちまうんだからな。とんでもない損害だ！　取り返しがつかないような大損害だ！」

「電報です！」部屋に入ってきた下男は、盆に載せた紙片をシトロムに差し出して言った。

『ついにきたか！』団長は思った『おそらく、ゾウが殺された、って事の通知だろうよ……ソヴィエト連邦から？　モスクワ？　おかしな事があるもんだ！　いったい誰からだろう？……

……』

ベルリン、ブッシュサーカス。ダンチョウ　シトロムサマ
　タッタイマゾウノダッソウキジドクリョウ。スグゾウヲコロスシジテッカイヲケイサツニモトムルコトオネガイモウシアグル。キデンノダンインヲハケンサレ、イカヲゾウニツタエラレタシ：サピエンス、ワグナーガベルリントウチャクノヨシ、ブッシュサーカスニモドラレタシ。キキイレラレナイトキハシャサツモヤムナシ。ワグナーキョウジュ

シトロムはもう一度電報を読み返した。

『さっぱり訳がわからん！　しかし、電報にゾウの昔の呼び名、サピエンス、と書いてきた所を見ると、ワグナー教授、ってのは、どうやらゾウの事を知っているようだな。しかし、何を根拠にワグナーは、自分がベルリンに到着するのをゾウが知ったら、戻ってくると思っているんだ？……まあ、いずれにせよ、この電報は、ゾウを助ける最後のチャンスだろう』

団長は早速行動を開始した。散々手を尽くした挙句、やっとの事で警視総監に《軍事行動の停止》を納得させた。ユングは、直ちに飛行機でゾウの元へ送られた。

ユングは、まるで軍使さながらに、白いハンカチを振りながらゾウに近づき、話しかけた。

「敬愛するサピエンス様！　ワグナー教授から、あなたによろしく伝えていただきたいとの

事でした。教授はベルリンに向っており、あなたにお目にかかりたいそうです。会見の場所は――ブッシュサーカスであります。もしあなたが、このまま真っ直ぐお帰りになられるのなら、誰もあなたには手出しをしないことをお約束いたします」

ゾウは、ユングの話に注意深く耳を傾けていた。そして、しばらく考え込んでから、鼻でユングをつまみ上げると背中に載せて、北に向かって、ベルリンを目指してすたすた歩き始めた。こうしてユングは、人質と護衛の役を負わされた。背中に人間を乗せているゾウに向けて発砲する勇気は誰にもなかったからだ。

ゾウは歩いて行ったが、ワグナー教授は助手のデニソフと共に飛行機でベルリンに向ったので、ゾウより早くベルリンに到着すると、その足でシトロムを訪ねた。

団長はすでに、ホイッチ-トイッチは、ワグナー教授の名前を聞くとおとなしく言う事を聞くようになって、今はベルリンに向っている、との電報を受け取っていた。

「あなたがどんないきさつであのゾウを手に入れたのか、お話ししていただけませんか？あのゾウの過去をご存知でいらっしゃいますか？」ワグナー教授は団長に訊ねた。

「私は、ミスター・ニックスとか言う、ヤシ油やナッツ類を商っている方からあのゾウを買ったのです。ミスター・ニックスは、中央アフリカのコンゴ、マタディの近くにお住まいなのです。彼の話によれば、あのゾウは、ある時、突然彼の許を訪れたんだそうですよ。その時、彼のお子さんたちは庭で遊んでいたのですが、ゾウは、そこで、普通では考えられないような芸をして見せたそうです。後ろ足で立ち上がってダンスをしたり、棒を使って曲芸をしたり、地面に牙を突き立てて逆立ちをして、後ろ足を持ち上げると、それと同時に鼻をぶらぶらさせたりして、それがあまりにも可笑しいものだから、ニックス氏のお子さんたちは、芝生の上で笑い転げていたそうです。ニックス氏とお子さんたちは、そのゾウに、ホイッチ－トイッチと名付けました。これは、多分あなたもご存知でしょうが、英語で《いたずらっ子、ガキ大将》と言った意味ですが、時には《ほらほら！》と言う意味の間投詞としても使われますね。ゾウはその呼び名になじんでいたので、我々はゾウを手に入れてからもそのままの名前で呼んでいたのです。どうぞ、これが売買に関する全ての書類です。完全に合法的な取引ですから、異議を唱える事はできませんよ」

「私は、あなたの取引に異議を唱えるつもりはありません」ワグナー教授は言った「ゾウには、何かこれと言った特徴がありましたか？」

「ええ、頭に大きな傷跡がありましたよ。ミスター・ニックスは、その傷はゾウが捕まった時に負ったものじゃないか、と言っていましたよ。原住民どもは、とても野蛮な方法でゾウを捕まえるのだそうですね。そんな傷跡が目に付くと、見た目も悪くなりますし、お客様も気分を悪くなさるでしょう。そこで我々は、絹の刺繍に房をあしらった特製の帽子を被せる事にしたのですよ」

「そうですか。彼に間違いありません！」

「彼、とはどなたですか?」シトロムは訊ねた。

「ゾウのサピエンスです。行方不明になっていた私のゾウなのです。学術調査でベルギー領コンゴに滞在していた時に捕まえたもので、その時調教したのです。それが、ある晩森に行ったきり戻ってこなかったのです。散々捜しては見たのですが、それも無駄骨に終ってしまいました」

「すると、やはりあなたはゾウの権利を主張なさるのですか?」団長は訊ねた。

「権利を主張するつもりはありませんが、ゾウにはゾウなりの主張があるのかもしれませんよ。と言うのも、私はまったく新しい、驚くべき成果を上げられるような方法で彼を調教したのですからね。あなたなら、私が発達させるのに成功したゾウの知能の凄まじさはご理解いただけるでしょう。ゾウのサピエンス、今の名前はホイッチ－トイッチですが、こういう言いかたができるとすれば、彼は非常に高い次元での自我を持っているのです。驚くべき能力を持ったゾウがあなたのサーカスに出演している、との新聞記事を読んだ時、すぐに私は、そんな事が出来るのはサピエンスしかいないと思いましたよ。文字を読んだり、計算したり、その上字まで書ける——それは、全て私が教え込んだのですからね。それでも、ホイッチ－トイッチがおとなしくベルリンの人々を楽しませている——どうやら自分の運命に甘んじているのであれば、私がしゃしゃり出ようとは思っていませんでした。しかし、ゾウは叛乱を起こしました。つまり、何らかの不満があったのですね。そこで私は彼を助けに行こうと決心したのです。こうなった以上、彼は自分で自分の生き方を決めなければなりません。彼にはその権利があるのです。忘れないで頂きたいのですが、今、ここに私が来なかったら、ゾウはとっくに死んでいた——私たち二人ともが、彼を失っていたでしょうね。無理強いをして、あなたの所に引きとめたりはしないで下さい。そんな事ができないという事は、あなたも充分承知していらっしゃるとは思いますが。ただ、私が何とかしてあなたからゾウを取り上げようとしている、などとは思わないで下さい。彼と話し合ってみましょう。もしあなたが待遇を改善して、彼を怒らせるような事をしない、となったら、彼はあなたの所に残るかもしれませんよ」

「《ゾウと話しあう》だって！　そんな事があっていいものなんでしょうか？」シトロムは両手を広げて言った。

「そもそも、ホイッチ-トイッチは規格外れなゾウですからね。ところで、彼は、いつベルリンに到着しますか？」

「今晩です。どうやら、一刻も早くあなたと会いたがっているようですね。電報で伝えてきた所によると、彼の歩く早さは時速二十キロメートルだそうですよ」

その晩、公演が終わるとすぐに、サーカスではホイッチ-トイッチとワグナー教授の会談が行われた。シトロム、ワグナー教授、その助手のデニソフが演技場で待ち構えている所に、まだユングを背にしたままのホイッチ-トイッチが、楽屋通路を通って入場してきた。ワグナー教授を目にすると、ゾウは教授に駆け寄って、まるで手のようにして鼻を差し出すと、ワグナー教授はその《手》を握った。それからゾウは、ユングを背中から降ろして、その代わりにワグナー教授を背中に乗せた。教授はゾウの巨大な耳を持ち上げると、その耳元に、何かを囁きかけた。ゾウは頷くと、ワグナー教授の目の前で、凄まじい速さで鼻先を振り始めた。教授はその動きを注意深く見詰めていた。

その秘密めいた所が、シトロムには気に入らなかった。

「で、ゾウはどうしたいのですか?」彼は我慢できなくなって訊ねた。

「ゾウは休暇を取りたいと言っています。色々と、積もる話を私にする時間が欲しいそうです。もしユング氏が無礼を働いた事を詫びて、これからは絶対に体罰を与えたりしないと約束するなら、休暇が明けてからサーカスに戻っても構わない、と言っています。殴られても、ゾウにとっては痛くも痒くもありませんが、どんな事であろうとも、侮辱を受ける事には絶対に我慢がならないのです」

「私が……ゾウを殴った?……」さも驚いたような顔をしてユングが訊ねた。

「箒の柄でね」ワグナー教授は話を続けた「しらばっくれても駄目ですよ、ユングさん。ゾウは嘘をつきませんからね。あなたはゾウに対して礼儀正しくしなければなりません。例えば……」

「……共和国大統領みたいに?」

「……彼が人間、しかもただの人ではなく、誇り高い人物であるかのように……」

「貴族さまのように、ですか？」ユングは馬鹿にするような調子で訊ねた。

「いいかげんにしろ！」シトロムが叫んだ「全てはお前のせいなんだぞ、ユング。この件に関しては、罰を受けてもらうからな。それで、いつからの予定で……ホイッチ－トイッチさんは休暇を取られるのですか？　で、どちらまで？」

「ぶらぶら歩いて旅に出ますよ」ワグナー教授は答えた「楽しい旅になるでしょう。私と、助手のデニソフは、広々としたゾウの背中に乗って行きます。そして、南に連れて行ってもらうのです。ゾウはスイスの牧草地に行きたいと言っています」

デニソフはまだ二十三歳になったばかりだったが、その若さにもかかわらず、生物学の方面ではすでにいくつもの発見をしていた。『君の力を借りたいのです』そう言ってワグナー教授は彼を自分の研究室で働くよう勧めたのだった。年若い学者にとって、それは口では言い表せないほど光栄な事だった。教授も、自分の助手が気に入っていたので、どこに行くにも彼を連れ歩いていた。

「《デニソフ》、《アキム・イワノヴィチ》――これではどちらも長すぎるな」ワグナー教授は二人が初めて一緒に仕事をした日に言った「もしも、毎回君の事を《アキム・イワノヴィチ》、と呼んでいたら、一年間で四十八分を無駄にしてしまうからね。四十八分もあれば、ずいぶん色々な事ができるだろう。だから、私はなるべく君の名前を呼ばないようにするからね。もし君の名前を呼ぶ必要があったら、《デニ！》と呼ぶ事にしよう――判りやすくて手っ取り早いからね。君も私の事はワグ、と呼んでも構わんよ。ワグナーよりも時間を短縮できるからね」

翌日の明け方、すでに出発の準備は整っていた。ワグナー教授とデニソフは、ホイッチートイッチの広い背中にゆったりと腰を落ち着けていた。荷物は、僅かに身の回りの物だけを持って行く事にした。

朝早いのにもかかわらず、シトロムは、彼らの見送りにやってきた。

「ゾウには何を食べさせるお積りですか?」団長は訊ねた。

「行く先々の町や村で、芸をして見せますよ」ワグナー教授は言った「それで見物人からはゾウの餌をもらいます。サピエンスは、自分だけでなく、私たちの分も稼いでくれるでしょう。ごきげんよう!」

ゾウはゆっくりと通りを歩いて行った。街はずれの最後の建物を過ぎると、旅人たちの目の前には、帯のように延々と街道が延びていた。そこで、ゾウは自然に足を速めた。時速は十二キロメートルを下らなかっただろう。

「デニ、これから君は、このゾウと付き合って行かねばならんのだよ。そこで、彼の事をよく理解するためにも、君は、このゾウのとんでもない過去を知っておかねばならんのだよ。ほら、このノートを渡しておこう。これは旅行日誌だよ。これは君の前任者で、一緒にコンゴを旅したペスコフ君が書いた物なのだよ。ペスコフ君は、ある悲喜劇に見舞われたのだが、それはまたの機会に話す事にしよう。まずは読んでくれたまえ」

ワグナー教授は、ゾウの首筋に坐りなおすと、同時に二冊のノートに何かを書き始めた――右手と左手を使ってだ。ワグナー教授は、一度に必ず二つ以上の作業をすると決めていたのだ。

「さてと、話を聞こうじゃないか！」教授は、どうやらゾウに話しかけたらしかった。ゾウは、ワグナー教授の耳元まで鼻を伸ばすと、短い間合いを取りながら、すごい速さでしゅうしゅう、と音を立てた。

「シーシシーシシシーシーシシーシシシ……」

『まるでモールス信号だな』油紙で装丁された分厚いノートをめくりながら、デニソフはそう思った。

ワグナー教授は、左手でゾウの言った事を書きとめ、右手では論文を書いていた。ゾウは相変わらず穏やかな足取りで歩き続け、背中の揺れも滑らかだったので、筆記するのに不自由はなかった。デニソフはペスコフの日誌を読み始めると、たちまちその日誌に惹きつけられてしまった。

以下がその日誌の内容だ。

V　《リングは人にはなれない……》

《三月二十七日　ファウストの書斎に足を踏み入れてしまったのかと思った。ワグナー教授の実験室は驚くべき場所だ。そこには、ない物などなかったのだ！　物理学、化学、生物学、電子工学、微生物学、解剖学、生理学などなど……ワグナー教授、私はワグ、と呼ぶよう頼まれていたが、教授には、興味のない学問分野などはなかった様だ。顕微鏡《ミクロスコープ》や分光器《スペクトロスコープ》や検電器《エレクトロスコープ》……肉眼では捕らえがたい物を確認できる、ありとあらゆる《スコープ》がそこにはあった。さらに、耳のための《装備》、聴覚の《顕微鏡》とでも言うべき装置の助けを借りて、ワグナー教授は幾千もの未知の音を聴いていた。《虫けらたちが海底を這い回る音や、谷間の若芽がほころびる音》などだ。ガラス、銅、アルミニウム、ゴム、陶磁器、エボナイト、プラチナ、金、鋼――様々な形をしたそれらの素材のあらゆる組み合わせ。蒸留器、フラスコ、コイル管、試験管、バーナー、コイル、ゼンマイ、コード、開閉器、スイッチ……この複雑怪奇なものの全てが、ワグナー教授の知性を反映しているのだろうか？　隣の部屋ときたら、まるで蠟人形館だ。ワグナー教授はそこで人体組織を培養したり、人間から切り取った生きた指、ウサギの耳、イヌの心臓、ヒツジの首……そして、人間の脳までもを飼育していた。生きている、思考力のある人間の脳だ！　私は、その脳の世話をする事になっている。教授は、脳の表面を指先で押す事で、脳と会話をしている。その脳への栄養供給は、特殊な生理溶液によって行われていて、私はその溶液の傷み具合を監視しているのだ。ワグナー教授はある時期から溶液の成分を変更して、《脳への栄養供給を強化》するようになったのだが、すると――驚くべき事が起こった！――脳は急激に成長を始めたのだ。大型のスイカと同じぐらいになった脳は、あまり気味のいいものではなかった。

三月二十九日　ワグは、何かについて、熱心に脳と話し合っている。

三月三十日　今日の夜、ワグは私にこう言った。

「この脳は、リングという若いドイツ人の学者のものなのだよ。彼はアビシニアで亡くなったのだが、ご覧の通り、彼の脳は生き続け、考え続けているのさ。しかし、最近は塞ぎ込むようになってしまってね。私は脳に眼を取り付けたのだが、もう、それでは満足できなくなってしまったのだよ。彼は見るだけでは飽き足らず、聴く事や、うずくまっているばかりではなく、動き回ったりしたくなったのだね。しかし、残念な事に、彼が自分の望みを言い出したのは少々遅かったのだよ。もっと早くそう言って貰えたら、その望みをかなえる事ができたかも知れなかったのだがね。解剖学実験室でサイズの合う遺体を見つけて、その遺体の頭にリングの脳を移植する事もできただろうに。もし、その人物が、脳疾患のみが原因で亡くなったのならば、新らしく健康な脳を移植する事によって、その死人を甦らせる事ができただろうね。そうすれば、リングの脳も新たな体を手に入れて、五体満足で生活を送る事ができたのだよ。しかし、私が組織を肥大させる実験を行ってしまった今となっては、見ての通り、リングの脳はかなり肥大してしまったからね。こうなった以上は、もう、どんな人間の頭蓋にも収まりはしないよ。リングは、もう人間にはなれないのだよ」

「それはどういう事ですか？　もしかすると、リングは何か別な、人間以外の何かになる、とでも言うのですか？」

「その通り。おそらく、ゾウにでもなるしかないだろう。確かに、彼の脳はゾウの脳の大きさまでには成長していないが、その気になれば問題にはならんよ。必要なのは、リングの脳の形を合わせることだけだよ。いずれ私にゾウの頭蓋骨が送られてくるから、そこに脳を収めて、頭蓋が一杯になるまで組織を育成し続ければいいのさ」

「リングをゾウにしようと思っているんじゃないでしょうね？」

「だめかね？　リングと話し合った上での事なのだよ。見たり、聴いたり、動いたり、大きく息をしたりしたい、その願いは、そのためにになら、ブタになろうがイヌになろうが構わない、それほどまでに切実なものだったのだよ。それに、ゾウは――気高い動物で、力も強くて長生きだからね。という事は、彼は、つまり、リングの脳は、この先、あと百年も二百年も生き続けるかも知れないね。悪い話ではないと思うがどうかね？　リングはもう決心しているのだよ……」》

デニソフは、日誌を読むのを途中でやめると、ワグナー教授に話しかけた。

「教授、私たちが乗っているゾウは、もしかすると……」

「ああ、そうだよ、人間の脳を持っているのだよ」

書いている手を休めずにワグナー教授は答えた「先を読んでいなさい。私は忙しいのでね」

デニソフは黙り込んだが、すぐには日誌を読まなかった。二人が乗っているのは、人間の脳を持っているゾウなのだと思うと、そのゾウがまるで怪物のように思えたのだった。彼は、先入観から来る恐怖を抱えながらも、怖い物見たさで恐る恐るその生き物を眺めていた。

《三月三十一日　今日、ゾウの頭蓋骨が届いた。教授は、額に鋸を入れると、頭蓋骨を真っ二つに挽き切った。

「これは脳を収めるためと、いざ移植する、となった時に時にここから取り出すのを楽にするためだよ」教授は言った。

私は、頭蓋骨の中を観察してみた。すると、脳の収まるべき空間が思ったほどの広さでない事に驚いた。外見からすると、ゾウは、とても《賢そう》に見えるのだが。

「ゾウは、すべての陸棲動物の中でも、最も発達した前頭洞を持っているのだよ。見えるかな？　頭蓋骨の上部は、全体が多くの気室で構成されていて、専門家でもなければ、大概の人は、そこが頭蓋だと勘違いしてしまうのさ。頭蓋骨の大きさから比べると、ずいぶん小振りである脳は、頭蓋骨の奥に収まっているのだよ。それがどこかと言うと、大体耳の辺りだね。だから、頭の前面に向けて銃を撃ったとしても、通常では的には当たらんのだよ。銃弾は、いくつかの骨の隔壁は貫通するだろうが、脳に損傷を与えるには至らないのさ」

私とワグは、脳に栄養液を供給するチューブを通すために、頭蓋骨にいくつかの穴を開け、それから慎重にリングの脳を、片側の頭蓋骨に収めた。頭蓋の空間を埋めるには、脳はまだずいぶん小さかった。

「大丈夫、旅の間に育ってくれるよ」もう半分の頭蓋骨を組み合わせると、ワグは言った。

正直な所、私は、ワグの今回の実験が成功する可能性は、かなり低いと思っていた。教授の、数々の驚くべき発明については知っていたが、この作業はとてつもなく困難なものだった。いくつもの難題を克服する必要があったのだ。何よりも、どうにかして生きたゾウを手に入れる必要があった。アフリカやインドから取り寄せるのは金がかかりすぎる上に、何らかの理由で、移植には不適格であるかもしれないのだ。そこでワグは、リングの脳を、以前滞在した事のあるアフリカのコンゴに持って行き、そこでゾウを捕まえて、脳の移植手術をする事にしたのだった。移植手術を行う！　口で言うのは簡単だ！　しかし、それは、ポケットからポケットに手袋を入れ替えるような訳には行かないのだ。全ての神経や静脈、動脈の末端を探し出して接合する必要があるのだ。人間と動物は、解剖学的には似通っているとはいえ、それでも、その隔たりは大きいのだ。ワグはいったいどうやってその、異なる二つのシステムを融合させるのだろうか？　それに、その、複雑極まる手術を生きたゾウに対して行わねばならなかったのだ

……》

VI　ゴリラのフットボール

《六月二十七日　数日分をまとめて書かねばならない。旅行は楽しい事ばかりではなかった。蒸気船に乗っていた時から我々は蚊に悩まされていたのだが、小船に乗り移ってからは、蚊の襲撃が一段と激しくなった。確かに、湖のように広々とした河の真ん中を進んでいた時には蚊は少なかった。しかし、岸に近づいて行ったが最後、我々は黒雲のような蚊の大群に取り囲まれてしまうのだった。水浴びをしている時には、体一面にクロバエが張り付いて血を吸った。岸に上陸して歩き始めると、今度は別な敵に悩まされた。小さなアリやスナノミだ。我々は毎晩足を点検し、そしてそのノミやアリを払い落とさなければならなかった。ヘビ、ムカデ、ミツバチ、スズメバチ、なども、ひどく我々を悩ませた。

密林での移動は困難を極めた。しかし、草原を行くのも、それに劣らず困難だったのだ。茎が太くて、丈が四メートルにも達する草が密生していた。両脇を緑の壁に挟まれながら歩いていると――まるで辺りが見えなかった。心細くてたまらなかった！　尖った草の葉は、顔や腕に切り傷をつける。草を踏みつけると、その草に足を絡め取られる。雨でも降ろうものなら、葉にたまった水が、頭から、まるでバケツをひっくり返したようにそそがれてくる。我々は、森や草原の細道を、一列になって歩いて行かなければならなかった。そんな道でも、このあたりでは唯一の交通路だったのだ。我々一行は二十人、その内の十八人は――ポーターとガイドで、ファン、という種族の黒人だった。

ついに我々は目的地に到着し、トゥンバ湖の湖畔にキャンプを設営する事にした。ガイドたちは遊び呆けている。彼らは魚釣りとなると目の色が変わってしまうのだ。彼らに釣りをやめさせて、キャンプの設営を手伝わせるのは容易な事ではなかった。我々は、大きなテントを二張り持ってきていた。キャンプに都合のよい場所も見つかった――乾いた丘の上だ。草の丈もそう高くはなかったし、周囲の見とおしもよかった。リングの脳も、道中を無事に過ごし、旅を乗り切って、すっかり満足している様子だった。音、色彩、匂い、そして、その他の様々な感覚の世界に戻るのが待ち遠しくてたまらないようだ。ワグは、もう少しの辛抱だから、と言って、脳を慰めている。教授は何かを準備しているのだが、何を準備しているのかは解らない。

六月二十九日　とんでもない騒ぎが巻き起こった。ファン人たちが、キャンプ地のすぐそばで、新しいライオンの足跡を発見したのだ。私は銃の入っていた箱を開くと、銃を撃った事がある、と言った者たちに銃を配って、昼食後に射撃訓練を行った。しかし、それは惨憺たるありさまだったのだ！　彼らは床底を腹に当ててみたり、ひざに当ててみたりするかと思えば、銃を撃った反動でひっくり返って、撃った弾は的から百八十度それた方向に飛んでいく、といった体たらくだったのだ。それにもかかわらず、彼らのはしゃぎぶりは大変なものだった。とんでもない奇声を上げて叫びまくったのだ。その叫び声は、コンゴ川の全流域に生息している飢えた獣たちを我々の許に呼び寄せてしまいそうだった。

六月三十日　昨晩、ライオンは我々のキャンプのすぐそばに現われた。ライオンの立ち去った後には物的な証拠が残されていた。ライオンは野生のブタを引き裂いて、ほぼ跡形もなくなるまで食い尽くしていた。ブタの頭蓋骨は、まるでクルミのように叩き割られ、あばらは粉々に噛み砕かれていた。こんな凶暴な奴と顔を合わせるなんて、まっぴら御免だ！

ファン人たちは震え上がっていた。夜が訪れるや否や、彼らは私たちのテントに集まってくると焚き火を起こし、一晩中火を絶やさないようにしている。私にも、原始人たちが直面していた獣たちに対する恐怖が解るようになっていた。ライオンが吠えると――私は、もう何度もその声を耳にしていた――私の体に異変が起こった。遠い祖先の恐怖が血液中に染み出してきて、心臓は、胸の中でその動きを止めてしまうのだった。逃げだす気にすらならず、その場に坐り込んで、ハリネズミのように丸まってしまうか、モグラのように地面に潜ってしまいたいような心境だったのだ。しかし、ワグは、ライオンの遠吠えがまるで耳に入っていない様子だった。教授は、相変わらず自分のテントの中で何かを作っていた。今日、朝食の後で、彼は私の所にやって来ると言った。

「明日の朝森に行ってくるよ。湖に向う古いゾウの通り道がある、とファン人たちが言っていたからね。ゾウたちは、私たちのキャンプからそれほど遠くない所にある水飲み場に通っていたのだね。でも、ゾウは頻繁に餌場を変えるからね。ゾウたちが作った《林道》にはもう草が生え始めていたそうだよ。つまり、ゾウたちはどこか遠くに行ってしまったという事だな。どこに行ったかを突き止めなければならんね」

「でも、教授は、このあたりにライオンが出没している事ぐらいはご存知でしょう？　銃も持たずに一人で出かけて行くなんて、そんな危険なまねはしないで下さい」私はワグに忠告した。

「どんな獣も怖くはないのだよ」教授は言った「私は、そう、言わば呪文のようなものを知っているのだからね」そう言うと、笑いをかみ殺したせいで教授のふさふさとしたひげが震えだした。

「だから森には手ぶらで行く、と言うんですか？」

ワグは自身ありげに頷いた。

七月二日　これまでに、いくつかの興味深い出来事が起こった。例の如く、夜中にライオンが吠えていた。私は恐怖に胸が締め付けられ、肝を冷やしていた。朝、私が自分のテントの脇で顔を洗っていると、隣のテントからワグが出てきた。教授は白いフランネルの服を着て、コルクのヘルメットをかぶり、厚底の頑丈な編み上げ靴を履いていた。遠征用の装備だが、肩には鞄も銃も掛けてはいなかった。私はワグに朝の挨拶をした。教授は私に向って頷き、なにやら用心深い足取りで、そろそろと前に進んで行った。次第に教授の足取りはしっかりしてきて、やがて、いつも通りの規則正しく素早い足取りに戻っていた。そんな風にして、教授は我々のいる丘の斜面に辿り着いた。いよいよ坂道に差し掛かると、ワグは両手を上に挙げ……何だかまったくおかしな事が起こって、私とファン人たちは皆、驚きのあまり思わず、あっ、と叫んだ。

ワグの体は、初めはゆっくりと、それからぐんぐん速度を増して空中で回転した。それも、まるで空中ブランコの宙返りのように、真っ直ぐ体を伸ばした状態で回転していたのだ。水平になったかと思ったら、すぐに頭が下で両足が上になり、ぐるぐると円を描きながら、頭と足の位置が入れ替わっていた。そのうちに体の回転はとんでもなく速くなって、頭と足は溶け合ってぼやけた円を描き、体の中心は、まるで黒い核のように見えた。それは、ワグが丘のふもとにたどり着くまで続いたのだった。彼は平らになった地面で、さらに数メートル宙返りを打ってから姿勢を正すと、いつも通りの足取りで、森に向って歩いて行った。

私にはまったく訳が解らなかったし、ファン人たちにとってはなおさらだった。彼らは、ただ驚いていただけではなく、脅えてすらいた。なにしろ彼らが目の当たりにしたのは、彼らにとっては超自然現象のようなものだったのだから、それも無理もない事だったのだ。私にしてみた所で、その回転は、ワグがしばしば私に見せる謎の一つだとしか思えなかった。

しかし、謎は謎でもいいのだが、ライオンがライオンである事には変わりない。ワグは自分を過信しすぎてはいないだろうか？　イヌだったら《超自然現象》で脅かす事も出来るだろう。細い糸で結んだ骨をイヌの目の前に放り出してみるといい。イヌが骨を取ろうとした時に、糸を引っ張ってみよう。骨は、まるでイヌから逃げるように、突然地面の上で動き出す。イヌはその異常な出来事に驚き、尻尾を巻いて《生き返った》骨から逃げて行くのだ。だが、果たして、宙を回転するワグを見たライオンが尻尾を巻いて逃げ出すだろうか？　ここが大きな問題だ。ワグに護衛も付けずに放っておく事は出来なかった。

そこで私は慌てて銃を取ると、特に勇敢で知恵のあるファン人四人を引き連れて、ワグの後を追った。ワグは我々には気づかずに、ゾウが道をつけた、かなり広い森の間道に沿って真っ直ぐ歩いていた。その道は、水場に向う幾千もの獣たちによって踏み固められていた。ただし、所々で、倒木や木の枝に阻まれるのだった。そんな障害物に出会うたびに、ワグは立ち止まって、とんでもなく高く足を持ち上げると——障害物より遥かに高く上げて——ぐい、と大またに足を踏み出した。時には、足を踏み出した後で、体を真っ直ぐ伸ばしたままで前傾し、それから垂直に立った姿勢に戻って、その先を歩き続けるような事もあった。我々は、ある程度距離を置いて彼の後をつけて行った。前方が明るくなってきた。道は広くなり、森の中の空き地に続いていた。

すでにワグは暗がりを抜け出して、陽の当たる草地を歩いていたのだが、ふと、私の耳に、ごろごろという奇妙な物音、大型の獣が警戒か威嚇をする時に出すうなり声のようなものが飛び込んできた。だが、そのうなりは、ライオンの声には思えなかった。ファン人たちは、ひそひそと獣の名前をつぶやいていたのだが、現地での呼び名では、どんな獣かは解らなかった。同行してきた連中の顔つきや挙動から判断すると、彼らはそのうなりを上げている獣を、ライオンに劣らず恐れていたようだった。それでも、彼らは私から離れようとはせず、私は胸騒ぎを感じながらも足を速めた。空き地に出て行くと、とても奇妙な光景が、私の眼に飛び込んできた。

私の右手、森から十メートルほど離れた所には、十歳の子供ほどの背丈のゴリラの子が坐り込んでいた。そこから少しはなれた所に——銀灰色のメスゴリラと、巨大なオスゴリラがいた。ワグは平坦な草地を、かなりの速度で歩いていたので、どうやら草の上に坐り込んでいる獣たちに気づくよりも先に、子ゴリラと、その両親の間に割って入ってしまったようだった。オスは人間を見ると、私がまだ森の中にいた時に耳にした、しわがれたうなり声を上げた。ワグも、すでに獣たちに気付いていたが、オスゴリラの方を眺めながら、いつもと変わらぬ足取りで歩いていた。子ゴリラは人間を見ると、途端に甲高い叫び声を上げて、慌てて近くに生えていた低木によじ登った。

オスは再び威嚇のうなり声を上げた。ゴリラは本来人間を敬遠する物だが、いざ、戦わざるを得ないとなれば、凄まじい凶暴性を発揮して、敢然と立ち向かってくるだろう。どうやら人間は引き下がるつもりがない、と判断し、恐らく子供を心配したのだろう。オスはいきなり立ち上がると、戦闘態勢に入った。私は、果たして、この、人間に似た醜い獣よりも恐ろしい動物が他にいるのだろうか、と思った。オスは、サルにしてはかなり大きく――人間の平均身長ほどはあっただろう――しかも、その胸郭は、人間の倍ほどもあるのではないか、と思われた。グロテスクなほどに胴体が大きかったのだ。長い両腕は、丸太のように太く、手のひらと足は途方もなく大きかった。突出した眉弓の下からは獰猛な両目が覗き、剥きだされた大きな歯はぎらぎらと輝いていた。

ケダモノが、毛むくじゃらの拳で、まるで樽のような胸を叩き始めると、その胸の中で、まるで四十ベドロの空き樽を叩いたような音が鳴り響いた。そして、うなりを上げ、高らかに吠えると、右手を地面に押し付けながら、ワグに向って突進した。

実は、私はその時、気が動転して、銃を肩から下ろすことすらできなかった。ゴリラは数秒の間にワグとの距離を詰め、そして……しかし、その時、何か、再び不思議な事が起こった。

ケダモノは、全速力で飛び掛ったのだが、まるで、眼に見えない障害に突き当たったようにして、うなり声を上げると地面に倒れこんだ。ワグは倒れなかった。しかし、倒れる代わりに、まるで空中ブランコのように、両手を高々と上げて、体を真っ直ぐ伸ばしたまま、くるりと空中で一回転した。不覚を取ったケダモノは、いっそう怒りを激しくした。奴は再び立ち上がると、もう一度ワグに飛び掛っていった。今度は、ゴリラは教授の頭の上を飛び越えて、また倒れこんだ。オスゴリラの怒りは絶頂に達していた。ゴリラは、吠えに吠えて金切り声を上げ、口から泡を吹きながらワグに襲い掛かると、その異様に長い腕でワグを捉えようと必死になっていた。しかし、ゴリラとワグの間には何か、眼には見えないながらも頼りになる障害物が存在していた。ゴリラの腕の様子から判断すると、それは球形をしているはずだ、と私は思った。まるで、ガラスのように、眼には見えずに透明で、まったく光を反射しない、鋼のように頑丈な球だ。お馴染みの、ワグの発明だったのだ！

教授の身の安全を確信した私は、今度はわくわくしながら、その奇妙な遊びを観察するようになった。同行してきたファン人たちも大喜びで、銃を投げ捨てて踊り出していた。ゲームはいっそう騒々しくなっていった。

メスゴリラも、我々に劣らぬほどの興味を示したようで、怒り狂った自分の亭主の様子を観察していた。そのうち、メスゴリラは、いきなり戦いの雄叫びを上げると、亭主の助太刀しようと駆け出していった。そこでゲームは新たな局面を迎えたのだった。興奮した二匹のゴリラは、見えない球に襲い掛かり、その球は、まるで本物のサッカーボールのように、あちらこちらへと飛び回っていた。しかし、熱狂した選手の役を演じているのがゴリラたちとあっては、ボールの中にいるのも気が気ではなかっただろう！　ピンと伸ばしたワグの体は、ますます激しく回転しながら、あちらこちらへと飛び回っていた。ここまで来ると、なぜ教授が体を真っ直ぐ伸ばして、手を上に挙げているのか、が私にも解った。教授は、怪我をしないように、手足を球の殻に突っ張っているのだ。殻はとんでもなく頑丈なようだった。ゴリラたちが別々な方向から勢いよく同時に球に襲い掛かって、《ジャーク》して放り投げると、球は三メートルほど飛び上がるのだが、球はそこから地面に落ちても壊れなかったのだ。しかし、ワグには疲れが目立ってきた。全身の筋肉を緊張させたままで、体を真っ直ぐに伸ばした姿勢を長時間続けられるはずがなかった。ワグは突然ひざを折りがくり、と球の底に倒れ込んだ。

事態は深刻な局面を迎えた。これ以上のんきに見物している場合ではなかった。私はファン人たちに向って、地面に落ちていた銃を取るよう叫び、彼らと一緒に、球に向って突撃した。しかし、私は原住民たちに、合図をするまで銃を撃つなと指示していた。彼らが誤ってワグを撃ってしまうのを恐れていたのだ。見えない球が銃弾に耐えられるかどうかは解らなかったし、球が密閉されているとは考えられなかった――さもないと、ワグは窒息してしまっただろうから――つまり、球には必ず隙間があるはずで、そこを弾が通過してしまわないとも限らなかったのだ。

我々は、自分たちの方に注意をひきつけようとして、大きな物音を立て、大声で叫びながら近づいて行くと、ゴリラはまんまとその手に乗ってきた。最初にオスゴリラが我々の方をふり向いて、威嚇のうなり声をあげた。しかし、我々がそれに動じないとわかると、オスゴリラは我々に向かってきた。オスゴリラが球を離れると同時に、私は引き金を引いた。弾はゴリラの胸に命中した――灰褐色の毛皮に迸った血でそれと解ったのだ。ケダモノは一声叫ぶと傷口を押さえたが、倒れる事なく、一段と足を速めて、私に向って突進してきた。私が二発目を発射すると、肩口に命中した。しかし、その時はすでに、ゴリラは私の目の前に迫っていて、私の持っていた銃の銃身をわしづかみにした。ケダモノは、途方もない怪力で私の手から銃をひったくると、私の眼の前で銃身をひん曲げてへし折ってしまったのだ。奴はそれにも飽き足らずに銃身を咥えると、まるで骨でもかじっているかのように、がりがりとそれをかじった。そして、いきなり、ぐらり、とよろけてばったり地面に倒れると、壊れた銃を咥えたままでぶるぶると四肢を震わせた。メスは慌てて逃げて行った。

「大丈夫かね?」まるで、どこか遠くの方から聴こえてくるようなワグの声がした。ゴリラにつかみかかられたせいで耳が遠くなってしまったのだろうか?

私が眼を上げると、そこにワグの姿があった。私を上から見下ろしている。今、こうして近くで見ると、教授の体の周囲が、何かぼんやりとした膜のような物に囲まれているのに気が付いた。しかし、よくよく見てみると、それは膜ではなく、完全に透明な球の表面に付いたゴリラの手形や、所々にこびりついた汚れだった。

ワグは、見えない球体に張り付いている汚れを見つめる私の視線に気付いたようだった。教授は微笑むと言った。

「もし地面が湿っていたりぬかるんでいたりすると、球の表面には少しづつ跡が付いて、それで球が見えるようになるのだよ。しかし、砂や、乾いた枯葉はくっつかないからね。大丈夫なようだったら起きなさい。キャンプに戻ろうじゃないか。この発明については途中で話して聞かせるから」

私は起き上がるとワグを見詰めた。教授も多少は被害に会っていたようだ。顔のあちこちにあざができていた。

「大丈夫、結婚式までには治るだろう」教授は言った「これはいい教訓になったよ。武器も持たずにアフリカの密林をうろついてはいけない、と言うことだな。これほどまでに頑丈な球の中に入っていたとしてもね。まさか、自分がサッカーボールの中に入っているような目にあうなんて、思いもよらなかったよ！」

「あなたもやっぱりそう思いましたか？」

「もちろんだよ。それはさて置き、君はアメリカで、特殊な、ガラスのように透明な金属、と言うか、金属のように強靭なガラス、とでも言ったらいいのか、ともかくそんな物質が発明されたのを知っているかね？　その物質を使って軍用機が製作されている、という噂なんだが、その有効性は明らかだろう。敵からはほとんど見えないのだからね。ほとんど、と言ったのは、球を通して私が見えたように、パイロットは見えるからだよ。私は以前から、全方位が見渡せる《要塞》があったらいいな、と思っていたのだよ。それは、動物たちの生態を観察できて、もしも、動物たちが私に気付いて襲ってきた時には身を守れるようなものだな。そこで、何度も実験を繰り返して目標を達成したのだよ。この球はゴムでできているんだ。人々はまだ、この途方もなく便利な素材の性質を、まだ充分に利用できてはいないのだよ！　ゴムだからこそ、ガラスのように透明で、鋼のように頑丈だ、という性質を与える事ができたのさ。今日のように、思わぬハプニングはあったがね。もし君が、いい頃合で助けに来てくれなかったら、えらい事になっただろうが、それでも私は自分の発明は大成功で、理に適っていると思っているよ。ゴリラだって？　まさか、こんな所でゴリラに出会うなんて、誰に想像できたというのかね？　ここがかなり辺鄙な土地ではあるのは確かだが、ゴリラたちは普段、もっと辺鄙な、人が足を踏み入れる事のできないほど辺鄙な森に住んでいるのだからね」

「ところで、どうやって歩いているんですか？」

「簡単な事だよ。気がつかなかったのかな？　足の裏で球の内側を踏み込めば、自分の体重で球は前に転がって行くじゃないか。球の表面には空気穴が開いているよ。球は二つの半球で構成されていて、その中に入ったら二つを組み合わせて、透明なゴムでできた特性のベルトで締めるようになっているのさ。いくつか不便な点もあって、斜面で球の速度を抑えるのが大変で、球が、ごろごろと猛スピードで転がりだしたら、もう体操をするしかないのだよ。でも、体操するのも悪くはないだろう？」》

Ⅶ　見えないロープ

《七月二十日　また日誌をさぼってしまった。

どうやら、ゾウの群れはかなり遠くに行ってしまったようだ。そのため、我々はキャンプを引き払って、新しいゾウの足跡に出くわすまで、何日もの間、ゾウの作ったケモノ道を歩いて行かねばならなかった。そして、新しい足跡を見つけてから二日後に、ファン人たちがゾウの水飲み場を発見した。ファン族はゾウ狩りの達人で、様々な捕獲法を知っていた。しかし、ワグは独自の方法を取る事にした。彼はゾウの通り道に箱を持ってこさせると、その中から何か見えないものを取り出した。ファン人たちは、まるで空気のような、《何か》眼に見えない物を手に取ったり、並べたりしている教授の手つきを、すっかり脅えた様子で眺めていた。彼らはワグナー教授の事を、偉大なる魔法使い、とでも思ったのだろう。

ワグは、まだ私に何も話してはくれなかったが、私には、すでに、教授が箱から取り出しているのは、例の球と同じように、眼に見えない素材を使って作られた罠なのだろうと、見当が付いていた。

「ちょっとこっちに来て、触ってみたまえ」私が興味津々でいるのに気づくと、ワグナー教授はそう言った。

私は、教授の所に行くと、宙を探ってみた。すると、不意に、直径が一センチほどあるロープのような物に手が触れた。

「ゴムですか?」

「そうだよ、ゴムと言っても膨大な種類があるのだが、その中の一つだ。今回は、それにロープのような柔軟性を持たせたのだよ。それでも、球に使った素材と同等な、鋼のような強靭さと、透明性は残してあるのさ。この見えないロープ使って罠を作り、ゾウの通り道に仕掛けるのだよ。ゾウが罠にかかったら、そいつを生け捕りにするのさ」

その作業は、口で言うほど簡単な事ではなかった——見えないロープを地面に這わせ、それを結び合わせて罠を作ろう、と言うのだから。罠を作っている当の本人である自分たちが、散々《ロープ》に足を取られて転んでいた。それでも、夜までには作業を終えて、後はただゾウを待つばかりとなった。

素晴らしい熱帯の夜だった。ジャングルは、不思議なざわめきと息づかいで満たされていた。時には、誰かが泣いているような声が聴こえてくる。この世に別れを告げる幼い獣たちなのだろう。時には、不気味な笑い声のようなものが切れ切れに聞こえてくる、それを耳にしたファン人たちは、まるで、冷たい空気の流れに撫で付けられでもしたかのように身をすくめた。

ゾウたちは知らぬ間にやって来ていた。一段と大きな体をしたリーダーは、群れから少し離れて先頭に立ち、長い鼻を伸ばして、休みなくゆり動かしていた。彼は、そこに幾千もの夜の香りを吸い込んでは、それを嗅ぎ分け、何か危険を孕んでいるようなものがないかと気を配っていた。ゾウは、我々の仕掛けた見えない障害物まであと数メートルの所で不意に立ち止まると、一直線に鼻を伸ばした。そんな風に鼻を伸ばしたゾウを見たのは初めてだ。彼は懸命に何かを嗅ぎ分けようとしていた。我々の体の匂いを嗅ぎつけたのかもしれなかった。ファン人たちの忠告に従って、日没前に、湖で水浴びと衣服の洗濯をしておいたのだが、何しろ、熱帯では一日中汗のかき通しなのだから。

「まずいな」ワグが囁いた「ゾウは私たちの存在を嗅ぎつけたよ。おそらく、私たちの体の匂いではなく、ゴムの匂いに気がついたのだろう。そこまでは気が回らなかったな……」

ゾウは明らかにためらっていた。どうやら、いまだかつて嗅いだ事のない匂いに出会ったのだろう。その、今まで嗅いだ事のなかった匂いは、何か危険な兆候なのだろうか？　ゾウは、おずおずと前に歩き出した。恐らく、もっと近くに寄って、その奇妙な匂いの元が何なのかを確かめようと思ったからだろう。ゾウは何歩か歩いて行くと、最初の輪に足を踏み入れた。ぐっと前足を引っ張ったが、見えない罠は足に絡んで外れなかった。ゾウは力を込めて、ぐいぐいと《ロープ》を引き始めた。足首の上の皮膚がぎりぎりと締め付けられているのが眼に見えて解った。巨象は尻を地面にこすらんばかりにして全身で後ずさった。皮膚が――とんでもなく厚みのあるゾウの皮膚が――耐え切れなかった。《ロープ》の締め付けによって皮膚が裂け、どす黒い血が、足を伝ってだらだらと流れ出してきた。

それ程までの力で引っ張られていたにもかかわらず、ワグの《ロープ》は切れなかった。

我々は、すでに勝利に沸き立っていた。しかし、そこで思いがけない事が起こった。《ロープ》を結び付けていた巨木が、まるで斧で切り倒されたかのように根元から倒れてしまったのだ。ゾウは弾みで尻餅をついたが、すかさず立ち上がると後ろに向き直って、不安に鼻を鳴らしながら逃げて行った。

「これで苦労も水の泡だな」ワグナー教授は言った「ゾウたちはもう、私たちがどこに罠を仕掛けても、そこには近づかないだろう。眼には見えなくても、彼らは匂いで感付いてしまうからね。それとも、合成消臭剤でも作ればいいのだろうか。合成した……うむ……匂いが……だとすると……」ワグナー教授は一心に何事かを考え込んでいた。「どうして気付かなかったのかな？」教授は言った「私のアイディアを聞いてくれたまえ。」科学物質を使えばゾウを捕らえられるだろう。例えば、ガスを散布してみるとか。ゾウを殺しては駄目だから――それなら簡単なのだがね――意識を失わせるようにすればいいのだよ。私たちはガスマスクをかぶって、ガスボンベを持って、ほら、この、森の中のゾウの通り道に散布するのさ。この周りはぎっしりと植物に囲まれている――天然の緑のトンネルだからね。ガスは拡散しないだろう……ああ、もっと簡単な方法があるぞ！……」

ワグナー教授は突然笑い出した。何か、よほど面白い事を思いついたようだ。

「その手を使うなら、私たちは、ゾウの水飲み場がどこかを突き止めるだけでいいのだよ。ここにはもう戻ってこないだろうからね……」》

Ⅷ 《ゾウのウオトカ》

《七月二十一日　ファン人たちが新しい水飲み場を発見した。それは、森の中にある小さな湖だった。水を飲み終えたゾウたちが密林に姿を消すと、ワグと私、そして原住民たちは作業に取り掛かった。私たちは服を脱いで水に入ると、湖の一角を囲うような形にして、杭をぎっしりと並べて打ち込んでいった。それが終ると、今度は、水中の杭の隙間に粘土を塗りこめて壁のようにした。なにやら生け簀によく似たものが出来上がった。杭で壁を作って、ゾウの水飲み場を湖から仕切ったのだ。

「よし、これでいい」ワグは言った。「後は水に《一服盛る》だけだ。こんな事にうってつけの薬があるのだよ。完全に無害だが、効き目はアルコール以上、と言った代物がね」

ワグは、数時間ほど自分の実験室で作業をしていたが、やがてそこから、教授いわく《ゾウのウオトカ》の入ったバケツを持ってやってきた。そのウオトカは水に流し込まれた。私たちは木に登ると、ゾウがやってくるのを待つ事にした。

「ゾウは教授のウオトカを飲みますかねえ？」私は訊ねた。

「たぶんね。あれは、ゾウにとってはかなり美味しいものだと思うよ。熊だってウオトカを飲むからね。しかも、本物のアル中になってしまったりするのだからね。しーっ！……何か来たぞ……」

私は、眼下に広がっている広大な《舞台》を見下ろした。

話は少々脱線するが、常に私を感嘆させていた熱帯の森の景色や建築様式の多様性について、ここで語っておく必要があるだろう。生い茂る低潅木、かろうじて頭を覆うほどに育った木々、そして、その森の上に、およそ、我々ヨーロッパの森と同じぐらいの高さまで伸び上がっているのが二段目の森だ。そして、最後に、雲を突くほどの巨木が作る三段目の森が、その上に聳え立っている。そんな、《三階建て》の森の中を、あなたは歩いている。一段目と二段目の森の、木々の梢の間のがらんとした空間を占領しているのは、そこで絡み合っている様々なつる性植物だけだ。このようにして三段になっている森は、途方も無く美しい景観を描いている。頭上の遥か彼方には緑の洞窟が覆いかぶさり、植物の滝は、幾重にも段をなし、緑の山々は、空に向かって聳えている。そして、それらの全てに、鳥の羽や極彩色のランが彩りを添えている。

そうかと思うと、見上げるほどの円柱が立ち並ぶ、壮大なゴシック寺院のような場所に足を踏み入れてしまう事もある。苔むした大地から立ち上がっている円柱の頂にある丸屋根は、ほとんど見分ける事ができない。そこから少し行くと——景色は変わって、あなたはもう、一歩も足を踏み出す事ができないほどの密林の中にいるのだ。両脇、正面、背後、頭上、は葉ばかりだ。足元にはコケや草、葉や花が肩口まで伸びている。まるで、知らぬ間に、緑の渦に巻き込まれてしまったかのようだ。柔らかな植物の中で足がもつれたり、倒木に躓いたりしている。そして、一面緑の沼に嵌って、もう助かる見込みはないのだ、と観念して、今まさに力尽きようとしていたその時、突然茂みが開けると、呆然として立ち尽くすのだ。あなたは、緑の丸天井を頂いた巨大な円形の洞窟にいた。途方も無く太い《柱》がその洞窟の丸天井を支えている。地面には——草一本生えていないので、クリケットでもしてみようかと思ってしまう。巨木は、一筋の陽の光も通すことなく、自らの影で周囲の植生を全滅させていた。枝は地面に垂れ下がり、そこに根を下ろしていた。その洞窟は、闇と冷気に支配されている。我々も、そんな、バオバブやゴムの木、インドイチジク、などの巨木の木陰で休息を取っている事もしばしばだった。

我々は、そんな巨木の枝の上に潜んでいた。この木は水際に生えていたし、ゾウの通り道を行く獣たちは皆、岸辺に辿り着くためには、どうしても《舞台》を通り抜けて行かねばならなかった。その《舞台》では、数々の森のドラマが繰り広げられていたようだ。食い荒らされたレイヨウや水牛、イノシシなどの白骨が、あちこちに散乱していた。ここからさほど離れていない所からは草原が始まっていたので、この水飲み場には、サバンナの動物たちもしばしば訪れていた。

《舞台》にイノシシが登場した。メスイノシシと八匹のウリボウがその後に続いて現われた。イノシシの家族は水場に向かっていた。しばらくすると、先程の家族と同族らしい五頭のメスイノシシが現われた。オスは水辺に行くと水を飲み始めた。しかしすぐさま鼻づらを持ち上げると、不機嫌そうに鼻を鳴らして、別の場所に移動した。口を付けたが——これも気に入らない。ぶるぶると首を振った。

「飲みませんね」私はワグに耳打ちした。

「飲みつけていないからね」教授も、やはり声をひそめて答えた。

教授の言った通りだった。しばらくすると、イノシシは首を振るのをやめて水を飲み始めた。しかし、メスは不安を感じていたようで、子供たちに向かって叫んでいる所などは、水を飲んではいけない、と言っているのではないかと私には思えた。しかし、そのうちメスも水を飲み始めた。オスとメス、ウリボウたちは、とても長い間水を飲み続けていた——普段なら、これほどまでは飲まなかっただろう。まずはウリボウたちが酔いの兆候を現した。彼らは、何の前触れもなく、突然きいきいと鳴きだして、じゃれあったり、《舞台》を駆け回ったりし始めた。全部で六頭いるメスたちも、ウリボウたちの後を追うように酔っぱらった。足元がおぼつかなくなり、きいきいと鳴き喚き、突拍子もない行動を取り始めた——お互いに蹴りあったり、後ろ足で立ち上がったり、地面をごろごろところげ回ったり、でんぐり返しすらもして見せたのだ。そのうちに、メスたちはばたばたと地面に倒れ込むと、ウリボウたちと一緒になって眠ってしまった。しかし、オスは、酔うと甚だ荒っぽかった。獰猛な鼻息を立てて、《舞台》の中央に聳え立つ巨木を目がけて突進し、短剣のような牙をその幹に突き刺した。しかし、あまりの勢いだったため、抜くのはやっとの事だった。

我々は、酔っ払ったイノシシの乱痴気騒ぎに気を取られていたため、ゾウがやって来たのに気がつかなかった。ゾウは、軽やかな足取りで、一頭、また一頭、と緑の小道から姿を現した。その時、大木を中心とした広場は、まさにサーカスの演技場を彷彿とさせたのだった。しかし、どこのサーカスに行っても、これほどまでに多くの四足の役者たちにはお目にかかれないだろう。正直言って、あまりのゾウの数に、私は空恐ろしくなっていた。そこにいたゾウたちが、私には、まるで巨大なネズミのように思えて仕方なかった。ゾウは二十頭以上はいただろう。

だが、そこで、あの酔っ払いのイノシシがとんでもない事を仕出かしてくれた！　とっとと逃げればいいものを、いきなり威嚇するように鼻を鳴らすと、ゾウの群れをめがけて矢のように駆け出したのだ。先頭を歩いていた大きなゾウは、よもや攻撃されるなどとは思っていなかったようだ。ゾウは首を傾げて、駆けてくる獣を物珍しそうに眺めていた。イノシシは、ゾウの所に駆けつけると、その足に牙を突き立てた。ゾウは急いで鼻を巻き込んで、ぐっと低く頭を下げると、イノシシを牙で引っ掛けて、遠くの方に放り投げた。イノシシは水の中に落ちていった。

イノシシはきいきいと鼻を鳴らし、水中でじたばたともがいていたが、やっとの事で岸に辿り着くと、気付けでもするかのように、あわてて がぶがぶ水を飲み、再びゾウに向かって突進していった。しかし、今度はゾウも用心して、牙を低く下げた姿勢でイノシシを待ち受けていた。イノシシはその牙の一撃で引き裂かれた。ゾウは、絶命した獣を牙から払い落として踏みつけた。イノシシは頭と尻尾を残して、胴体と四肢は、まるで粥のようにぐしゃぐしゃに踏み潰されてしまったのだ。

ゾウのリーダーは、まるで何事もなかったかのように落ち着いて堂々とした足取りで、意識を失って地面に倒れているメスやウリボウたちを注意深く避けながら《舞台》を横切って水辺に降りて行くと、鼻を水に突っ込んだ。我々は興味津々でその先を見守っていた。

象は水を飲み始めたが、すぐに鼻を持ち上げると、水の味を比べていたのだろうが、あちこちの水面を探り始めた。ゾウは少し歩いて、我々の作った囲いの外の水の中に鼻をつっこんだ。その水には、酩酊する飲み物は投入されていなかった。

「当てが外れましたね！」私は囁いた。しかし、次の瞬間、あっと驚いて、思わず叫び声を上げてしまう所だった。ゾウは、もとの場所に戻ると《ゾウのウオトカ》を飲み始めたのだ。どうやらそれがお気に召したようだ。他のゾウたちもリーダーの横に整列した。しかし、私たちが仕切った場所は、さほど広くはなかったので、群れの一部のゾウたちは、普通の水を飲んでいた。

ゾウたちは、いつ終るとも知れずに水を飲み続けていた。腹はぱんぱんに膨れ上がっていたのだが、それでも際限なく、飲んで飲んで飲みまくっていた。我々が仕切った場所の水位は、三十分後には半分になっていた。一時間後、リーダーとその仲間たちは、全ての水を底まで飲み干してしまった。ゾウたちは、まだ飲み終わらぬうちからゆらゆら揺れだしていた。一頭のゾウが、いきなり大きな水しぶきを上げて、ざぶりと水の中に倒れ込んだ。そのゾウは、鼻を鳴らして、一度は立ち上がったのだが、再び横倒しに倒れた。

ゾウは、岸に鼻を投げ出して、辺りの木の葉を震わせ、驚いた小鳥たちが木の天辺に飛び移ってしまったほどの凄まじいいびきをかき始めた。

リーダーの巨象は、大きな音を立てて鼻を鳴らしながら、湖から離れて立ち止まった。鼻は、まるでぼろきれのようにだらりと垂れ下がっていた。耳は立ったり、へなへなと、力なく垂れ下がったりしていた。ゾウはゆっくりと、等間隔で、前へ後ろへと揺れていた。その周りでは、仲間のゾウたちが、まるで銃弾を受けたかのように、ばたばたと倒れていった。《ウオトカ》を飲まなかったゾウたちは、その奇妙な伝染病を、驚いたように眺めていた。しらふのゾウたちは、心配そうに鼻を鳴らしながら、酔っ払った仲間の周りをうろうろ歩き回って、倒れた仲間を助け起こそうとさえして見せた。大きなメスのゾウがリーダーの所にやって来ると、心配そうにその頭を鼻でなでていた。リーダーは、その同情といたわりの仕草に答えて、弱々しく鼻を振って見せたが、ゆらゆらと揺れるのをやめようとはしなかった。そして、しばらくすると、不意に首を持ち上げ、ごうごうといびきをかき始め、どさり、と地面に倒れこんだ。しらふのゾウたちは、途方にくれてリーダーの周りに集まってきた。リーダー抜きで出かける決心がつかなかったようだ。

「しらふのゾウたちに残っていられても具合が悪いな」すでにワグは、普通の声で話していた。「皆殺しにしてしまうか？　いや、これからどうなるのか、もう少し様子を見よう」

しらふのゾウたちは、何かを話し合っていた。ゾウたちは、しきりと鼻を動かしながら、奇妙な音を立てていた。その話し合いは、かなり長い間続けられた。ゾウたちが新しいリーダーを決めて、仲間の《死体》が転がっている《舞台》から、一頭、また一頭と立ち去って行った時には、もう、空が白み始めていた》

IX　ゾウになったリング

《いよいよ木から下りて行かねばならなかったのだが、私は、いくばくかの不安とともに、今となっては戦争の後を思わせるような《舞台》を眺めた。巨大なゾウたちが、イノシシたちと入り混じって横倒しになって転がっていた。しかし、この酩酊状態はいつまで続くのだろうか？　もし、脳の移植手術を終えるまでにゾウたちが我に返ってしまったら？　しかし、ゾウたちは、まるで、私をもっとおどかしてやろうとでもするように、時折鼻を振ったり、時には寝ぼけて鳴き声を上げたりしていたのだった。

しかし、ワグはそんな事はまったく気にも留めていなかった。教授はするすると木から降りて行き、作業に取り掛かった。ファン人たちが眠っているイノシシを皆殺しにするのに忙しそうにしている間に、私とワグは手術を行った。私たちは、すでにすっかり準備を整えていた。ワグは、あらかじめ、ゾウの丈夫な骨にも負けないような外科手術用の器具を注文していた。教授はリーダーゾウの所に行くと、箱から消毒済みのメスを取り出し、頭にメスを入れると皮膚をめくり上げて、頭蓋骨を鋸で挽き始めた。ゾウは幾度かびくびくと鼻を痙攣させた。私は、それを見てはらはらしていたが、ワグは、私を落ち着かせようとして言った。

「心配いらんよ。薬の効果は私が保証しよう。ゾウは、後三時間は眼を覚まさないし、脳はその間に抜き取れるはずだからね。それが済んでしまえば、このゾウは、我々にとって危険ではなくなるのだよ」

教授はそう言いながら、手際よく頭蓋骨を挽き切っていった。道具立てもよかったようで、ワグはじきに頭頂骨の一部を持ち上げた。

「もし君がゾウ狩りをする事があったら」教授は言った「これを覚えておきなさい。ゾウが死ぬのは、この狭い範囲に弾が当った時だけなのだよ」そう言うとワグは、眼と耳の間の、手のひらほどのスペースを示して見せた。「リングの脳には、もう、この場所をしっかりと守るよう指示しておいたからね」

ワグは、手際よくゾウの頭から脳髄を取り除いた。しかし、そこで思いもよらぬ事が起こった。脳のないゾウが突然震えだし、重い体をがくがくと揺さぶり、そして、驚いた事に、ぬっと立ち上がって歩き出したのだ。ゾウは、眼を見開いてはいたが、そこには何も映ってはいなかったようだ。ゾウは、行く先に寝ころがっている仲間をよけようともしなかったので、転がっていた仲間に躓くと、地面に倒れこんだ。鼻と足がぴくぴくと痙攣し始めた。『死んでしまうんじゃないか？』今までの苦労が水の泡になってしまうのかと思うと、気が気ではなかった。

ワグはゾウの動きが収まるまで待って、それから手術の続きに取り掛かった。

「今、このゾウは死んでいる」教授は言った「それが脳のない生き物の定めだからね。しかし、我々はこのゾウを生き返らせるのだよ。それはさほど難しい事ではないからね。急いでリングの脳を持ってきなさい。ただし、雑菌に感染しないように！……」

私は念入りに手を洗うと、持参したゾウの頭蓋骨から、すっかり大きくなったリングの脳を取り出して、ワグに渡した。

「よいしょ、と……」脳をゾウの頭蓋骨に収めながら彼は言った。

「合いそうですか？」私は訊ねた。

「まだ完全には育ちきっていないな。しかし、それは問題にはならんよ。育ちすぎて頭蓋に収まらない方がたちが悪かっただろうね。これからが一番重要な所で――神経の末端同士を接合するのだよ。これから私が接合する神経のそれぞれが、リングの脳とゾウの体の橋渡しになるのだからね。君は、もう休んで構わんよ。坐って見ていなさい。でも邪魔はしないでくれたまえ」

そう言うとワグは、尋常ではないスピードと緻密さで作業を開始した。教授はまさにその道の達人であり、教授の指は、難曲を弾きこなすピアノの名手の指を思わせた。ワグの表情は真剣そのもので、両目は一点に向けられていたが、教授がその眼になるのは、特別な注意を払わなければならない時だけに限られていた。どうやらその時には、教授の脳の両半球も、お互いに調節しあいながら一つの問題に取り組んでいるようだった。最後に、ワグは脳の上に頭蓋の蓋を被せ、金属のかすがいで固定すると、数枚の皮膚を被せてその皮膚を縫合した。

「上出来だ。これで彼には——無事に生き延びてくれれば、だが——傷跡しか残らんよ。でも、リングは、そのくらいの事は許してくれるだろう」

《リングが許す！》確かに、今や、ゾウがリングになっている、正確にはリングがゾウになっているわけだ。私は、頭に人間の脳が入っているゾウに近寄って、その開かれた眼をまじまじと見詰めた。両目には相変わらず生気がなかった。

「これはどういう事なんですか？」私は訊ねた「リングの脳にははっきりとした意識があるはずなのに、この眼ときたら……彼の眼は（私はゾウ、とも、リング、とも呼べなかった）、まるでガラス球みたいじゃないですか」

「単純な事さ」ワグは答えた「脳から伸びている神経は、接合してはあるが、まだ結合していないのだからね。私はリングに、神経が完全に結合するまでは、動こうとしてはいけない、と言い含めてあるのさ。できる限り早く結合するよう、手は尽くしておいたからね」

陽はすでに傾きかけていた。ファン人たちは岸辺に坐り込んで焚き火を起こして、イノシシの肉を焼き、それをうまそうに食べていた。中には、わざわざ生で食べている者もいた。突然、酔っぱらったゾウのうちの一頭が、大きく鼻を鳴らし始めた。その鋭い呼びかけの音に、他のゾウたちも眼を覚ました。ゾウたちは次々と立ち上がった。ワグと私、それにファン人たちは、慌てて茂みの中に逃げ込んだ。ゾウたちは、まだ足元がふらふらしてはいたが、手術を施されたリーダーの元にやって来ると、しばらくの間鼻で撫でさすったり、匂いを嗅いだりしながら、自分たちの言葉でなにやら話し合っていた。もし、リングが、すでに、見たり聞いたりできる様になっていたとしたら、一体どんな気分だっただろう、そう思うと、私は複雑な心境だった。

やがて、ゾウたちはその場から去って行った。我々はまた患者の許へ戻って行った。

「黙っていなさい。決して答えてはいかんよ」ワグは、ゾウに向ってそう言った。それはまるでゾウが話せるのだ、と言わんばかりの口調だった「君がしていいのは――もし、もうできるのであれば、瞬きする事だけなのだよ。それじゃあ、もし私の言った事が解ったのなら、二度瞬きをしてくれたまえ」

ゾウは瞬きをした。

「よろしい！」ワグナー教授は言った「今日は身動きせずに、じっと寝ていなければならないよ。でも、明日になったら起き上がる事を許可できるかも知れないからね。ゾウや他の獣たちが君を煩わせるといけないから、ゾウの通り道は塞いで、一晩中焚き火を焚いておこう」

七月二十四日　今日、初めてゾウが起き上がった。

「おめでとう！」ワグは言った「これから君の事を何と呼ぼうかな？　我々の秘密が他人に知られてはまずいからね。私は、君の事をサピエンス、と呼ぶ事にしよう。どうかね？」

ゾウは頷いた。

「話をする時は」ワグは続けた「身振りでモールス信号を送るのだよ。鼻先を上に向けたら——短点、横に向けたら——長点、としよう。もし君がやりやすいのなら、音で合図をしても構わんよ。鼻を動かしてごらん」

ゾウは、鼻を動かしてみたのだが、どうにもおかしな動きをした。まるで脱臼した関節のように、ぐにゃぐにゃ動き回ったのだ。

「まだなれていないからだよ。何しろ、以前の君の鼻は、こんなに長くはなかったのだからね、リング。ところで君は歩けるかな？」

ゾウは歩いてみたのだが、どうも前足が後ろ足ほど言う事を聞いてくれないようだった。

「一人前のゾウになるのは大変そうだな」ワグは言った「君の脳には、ゾウの脳にはあるはずの多くのものが不足しているのだからね。四つ足で歩く事や、鼻や耳の動かしかたは、君にもすぐに覚えられるだろう。しかし、ゾウの脳には、もって生まれた本能――数千世代に亘って培われた経験の結晶、とでも言うべきものが刻み込まれているからね。本当のゾウであるなら、何が危険なのか、様々な外敵から身を守るにはどうすべきなのか、食料や水はどこで探せばいいか、などは解っているのだよ。君は、そういった事は何一つ知らないのだからね。君は、自分自身で経験して学んで行かねばならんのだよ。しかし、その経験は、少なからぬゾウの命を犠牲にした上でのものなのだがね。だが、君は心配したり、怖がったりする必要はないのだよ、サピエンス。君は、これからも私たちと一緒だからね。君の健康が完全に回復したら、すぐに私たちと一緒にヨーロッパに行こう。もし望むなら故郷で――ドイツで暮らしても構わないし、私と一緒にソヴィエト連邦に行っても構わないよ。ソヴィエトだったら、君は動物園で暮らすことになるだろうね。それはそうと、気分はどうかね？」

サピエンス――リングは、鼻先で合図を送るよりも鼻息で合図した方が楽なようだった。彼は鼻で短い音や長い音を立て始め、ワグはそれを聞き取って、私に通訳してくれた（私は、まだその時はモールス信号を知らなかった）。

「どうも見えかたがおかしいんです。体が大きいから見晴らしはいいんですが、視界がだいぶ狭いんです。その代わり、聴覚と嗅覚はとんでもなく鋭敏ですよ。世の中にはこんなに多くの音や匂いがあるなんて、思っても見ませんでした。私は、幾千もの、今まで嗅いだ事のなかった新しい匂いや、その微妙なニュアンスを感じ取れるし、数限りない音色を聞き取れるのですが、おそらく、それは人間の言葉では言い表わせないでしょうね。吹き鳴らすような音、ざわめき、はぜるような音や、甲高く鳴っている音、ちりちりする音、軋むような音、うなるような音、吠えるような音、叫び声のような音、ごろごろ鳴る音、海鳴りのような音、がちゃがちゃ鳴る音、割れるような音、ぴしゃりと叩くような音、砕けるような音……それから、多分、あと数十ほどで、音の世界を表わす人間の言葉の語彙は尽きてしまうでしょうね。でも、ほら、芋虫や甲虫が木の皮に穴をあけています。私の耳にははっきりと聴こえている、この様々な音の入り混じった協奏曲を、いったいどうすれば言葉で伝えられるでしょう？　まったく、音の世界ときたら！」

「経過は好いようだな。サピエンス」ワグは言った。

「それに、匂いです！」リングは、自分の新たな感覚について話すのをやめなかった「匂いを伝えようとすると、私はほとほと困ってしまいます。私が感じているおよその事ですら伝える事ができないのですからね。あなた方には、木々それぞれ、物それぞれには固有の匂いがある、という事だけしか理解する事ができないでしょう。ゾウは地面に向けて鼻を伸ばすと、くんくん匂いを嗅いで見せてから、話を続けた「土の匂いがします。そして、ここに落ちていた草の匂いがします。恐らく、どこかの草食動物が、水飲み場に行く途中で落としていったのでしょう。ここは、イノシシや水牛、銅の匂いもしますね……一体どうしてそんな匂いがするのだろう。ああ！　ここに銅線の切れ端が落ちている。多分、これはあなたが捨てたんでしょう、ワグナー教授」

「でも、少しおかしくはないですか？」私は訊ねた「感覚が鋭敏であるためには、敏感な末梢神経だけでなく、それに見合って発達した脳が必要でしょう」

「その通りだよ」ワグは答えた「リングの脳が適応したあかつきには、ゾウに劣らないほど感度が高くなるはずだよ。彼が今感じているのは、本物のゾウと比べれば、おそらく数段劣っているだろう。しかし、聴覚器官や嗅覚器官の鋭敏さのおかげで、すでに現状でも、リングは、私たちと比べれば遥かに優れた聴覚や嗅覚を持っているのだろうね」教授はそう言ってからゾウに話しかけた「サピエンス、もし辛くなければ、我々は君の背中に乗って丘の上のキャンプ地に戻りたいのだが、大丈夫かな？」

サピエンスは鷹揚に頷いた。我々はゾウの背中に荷物の一部を載せた。サピエンスは、鼻で私とワグを持ち上げると――ファン人たちは徒歩だったが――キャンプ地に向かった。

「おそらく」ワグは言った「サピエンスは二週間もすれば完全に回復するだろう。そうしたら、彼は、私たちをボーマまで乗せて行ってくれるだろうから、そこからは海路で家路につくとしようじゃないか」

我々が丘の上にキャンプ地の設営を終えると、ワグはサピエンスに言った。

「このあたりには、いくらでも食べるものがあるからね。でも、このキャンプからあまり遠くには行かないようにするのだよ。特に夜は注意してくれたまえ。普通のゾウだったら、なんでもなくやり過ごしてしまうような事でも、君にとっては危険な事が色々あるだろうからね」

ゾウは頷いて、隣に生えていた木の枝を鼻で折り始めた。

突然、ゾウはぴいぴいと甲高い声を上げ、さっと鼻を引っ込めると、ワグの所に駆けてきた。

「どうしたのかね?」ワグは訊ねた。

ゾウは教授の目の前に鼻を差し出した。

「おいおい!」ワグはしかりつけるようにそう言った「これを見たまえ」彼は、ゾウの鼻の指状突起を指さしながら私にそう言った。「この《指》の感覚は、盲人の指先の感覚にも勝るのだよ。ここは、ゾウの一番傷つきやすい場所だからね。ほら、見てごらん。事もあろうに、サピエンスは、この《指》に棘を刺してしまったのだね」

ワグはそろそろと鼻から棘を引き抜いた。

「これからは気をつけなさい」教授はゾウをたしなめた「象が鼻を怪我すると、主要な機能を欠くことになるからね。君は、水すらも飲めなくなってしまって、そのたびに川や湖に入って口付けで水を飲まなければならなくなってしまうのだよ。普通なら、ゾウは鼻に水を吸い込んで、そこから口に流し込むものなのにね。ここには棘のある植物が多いから、もう少し遠くへ行きなさい。植物の種類を見分けるようにしないといかんよ」

ゾウはため息をつくと、鼻をぶらぶらさせながら、森に向かって歩いて行った。

七月二十七日　全て順調だ。ゾウは驚くほどよく食べる。初めは選り好みをして、草や木の葉、柔らかな枝先だけを口にするようにしていたが、それでは満腹しなかったので、まもなく、根っからのゾウのように、ほとんど腕ほどもある木の枝を折り取って口に運び込むようになった。

我々のキャンプ地の周りに生えていた木々は、見るも哀れな姿に――まるでこの地に隕石が落ちてきたのか、さもなければ、バッタの大群に食い荒らされた後のようになっていた。下生えの潅木や大木の下枝には――一枚も葉がなかった。小枝はむしられて丸裸、皮もすっかり剥ぎ取られていた。地面には――ごみ、フン、折れた木の枝、丸太のように押し倒された木の幹がごろごろ転がっていた。サピエンスは、その狼藉にいたく恐縮してはいたのだが、しかし……《やんごとなき事情》なのだ、彼は、音声信号を使ってワグにそういい訳していた。

八月一日　今日は朝からサピエンスの姿が見えなかった。初めは、ワグも、特に心配してはいなかった。

「針じゃないのだからね――すぐに見つかるよ。何かあったとでも言うのかね？　彼を襲おうとする獣など居はしないよ。夜のうちに遠くに行ったのではないかな」

しかし、時間は刻々と過ぎて行ったが、サピエンスは姿を見せなかった。ついに、我々はサピエンスを探しに行く事にした。ファン人たちは――優れた追跡者だったので、すぐに足跡を発見した。我々は、その足跡を追って歩いて行った。年老いたファン人は、足跡を眼にすると、たちどころにゾウの残したメッセージを判読して、声に出して読みあげた。

「ゾウはここで草食べたね。それから若い潅木食べ始めたよ。それから先に行ったね。ゾウはここで跳ねたみたいだね——何か、びっくりしたのよ。ああ、これにびっくりしたね。ヒョウの足跡あるよ。飛び跳ねたね。ゾウは逃げたよ。じゃまな木みんな折ったよ。ヒョウは？　ヒョウも逃げたね……ゾウが怖かったね。反対の方角逃げたよ」

ゾウの足跡を追って、我々は、キャンプ地からずいぶん遠くまでやって来た。足跡は沼地に続いている。足跡には水が一杯に溜まっていた。ゾウは、足を取られながらも、懸命に足を引き抜いて逃げていったようだ。そうこうしているうちに、川に出た。コンゴ川だ。ゾウは川に飛び込んだのだ。恐らく、向こう岸に渡ったのだろう。

ガイドたちは、近くの村に出かけて行って、ボートを見つけてきたので、我々も向こう岸に渡った。しかし、そこにゾウの足跡はなかった。彼は溺れてしまったのだろうか？　ゾウは泳げるが、リングは泳げただろうか？　彼はゾウの泳ぎ方をマスターしていたのだろうか？　ファン人たちが言うには、ゾウは、川下へ泳いで行ったのだろう、との事だった。そこで我々は、流れに沿って数キロほど川を下って行った。しかし、足跡はどこにも見当たらなかった。ワグはすっかりしょげかえっていた。我々の努力も、きれいさっぱり水の泡になってしまったのだ。それにしても、一体なにがゾウの身に起こったのだろうか？　もし生きていたとしても、この先、どうやったら森の中で獣たちと一緒に暮らして行けるのだろうか？……

八月八日　我々は、ゾウの追跡に丸一週間を費やした。それも無駄骨に終った！　ゾウは、

ぷっつりと消息を絶ってしまったのだ。我々は、ファン人たちに手間賃を払って別れ、国に帰るよりほかになす術がなかった》

X　四足の敵と二本足の敵

「日誌は読み終わりましたよ」デニソフは言った。

「ほら、これが日誌の続きだよ」ゾウの首筋をぴしゃぴしゃと叩きながら、ワグナー教授はそう答えた「君が日誌を読んでいる間に、サピエンスは——つまり、ホイッチ－トイッチであり、リングでもある訳だが——私に、とても面白いその後の冒険談を話してくれたのだよ。私は、もう、生きて彼に会う事はないだろうと思って諦めていたのだが、結局彼は、自分自身でヨーロッパに辿り着く道を切り開いてきたのだからね。君には、ゾウの話を速記した私のメモを解読して、速記録に直してもらおう」

デニソフは、ワグナー教授から、短点や長点がびっしりと書き込まれたノートを受け取ると、それを読み始め、それから、ゾウが自ら語った物語を書き写して行った。サピエンスがワグナー教授に語った物語は以下の通りだ。

《私がゾウになってから経験した事の一部始終は、恐らく語りつくせないでしょう。ターナー教授のアシスタントをしていたこの私が、ある日突然ゾウになって、アフリカの密林で暮らすことになってしまうなんて、夢にも思っていませんでしたよ。なるべく順を追ってお話しするようにします。

私はキャンプ地から少し離れた森の中の草地で、のんきに草をむしっていたんです。みずみずしい草の束を引き抜いて、根を叩いて土を落としては食べていました。そこにあった草を食べつくすと、別な草地を探しに、森の中を歩いていました。月がとても明るい夜でした。ホタルやコウモリ、それに、フクロウにも似た、私の知らない夜行性の鳥たちが、あたりを飛び回っていました。私はゆっくりと歩いて行きました。自分の体の重さも感じずに、軽々と歩いていたのです。なるべく音を立てないように注意していました。時折、私の右側や左側で獣の匂いがしていましたが――どんな獣かは解りませんでした。私が獣を恐れていた、とは、一体誰が思うでしょうか？　私は、全ての獣の中でも一番力が強いのです。ライオンですら私には道を譲るでしょう。でも、実際には、草葉のすれる音や、ちょっとした物音、駆けて行く野ネズミや、子ギツネのような小動物までもがとても怖かったのです。小柄なイノシシと出合った時には、道を譲ってやりましたよ。おそらく私が、まだ自分の力を自覚していなかったからでしょうね。たった一つの慰めは、近くに人間が――私を助けに来てくれる友人が――いる、と解っていた事でした。

そんな風にして、おっかなびっくり歩いていると、小さな空き地に辿り着き、草をむしろうとして鼻を伸ばしたところで、ふと獣の匂いを嗅ぎつけ、私の耳は、アシの茂みの中の物音を捕らえたのです。私は鼻を持ち上げると、万一に備えて丁寧に巻き込んで、あたりを見回しました。すると突然、小川のほとりのアシの茂みに潜んで、貪欲な眼付きでこちらを伺っているヒョウが目に飛び込んできたのです。今にも飛び掛からんばかりに全身を緊張させていました。数秒後には私の首筋めがけて飛び掛かってくるでしょう。まだゾウでいる事に慣れていなかったから、感じ方、考え方があまりにも人間的だったのかもしれませんが、ともかく、私はその気違いじみた恐怖を克服できなかったのです。全身がわなわなと震えだし、一目散に逃げ出しました。

私は、行く手の木々をなぎ倒し、へし折りながら逃げて行きました。多くの肉食獣たちは、私ががむしゃらに逃げて行く様子に驚いて、茂みや草むらから飛び出してくると、てんでに逃げて行ったのです。それが、一層私の不安をかき立てました。私は、コンゴ川流域に棲む全ての獣たちに追われているような気がしていました。私はひたすら走りました――どれ程走ったのか、どこに行くのかも解らずに――私の行く手をさえぎるものが現われるまでは――それは川でした。私は泳げないのです――人間だった時には泳げなかったのです。しかしヒョウが追いすがってきました――私はそう思い込んでいたのです――そこで私は川に飛び込むと、相変わらず走り続けているような調子で足を動かしました。すると、私は泳ぎ出したのです。水に入ったおかげで、いくらか頭も冷えて、落ち着きを取り戻しました。それでも私は、森の中では飢えた肉食獣がひしめき合っていて、岸に上がった途端に私に襲い掛かってくるような気がしてならなかったのです。だから、いつまでも私は泳いでいました。人の乗った小船と行き会うようになっていましたが、それでも私は泳ぎ続けました。

もう日は昇っていましたが、それでも私は泳いでいました。人の乗った小船と行き会うようになっていました。私は、人間を恐れてはいませんでした。ある一艘の小船から銃声が聞こえてくるまでは、恐れていなかったのです。私は自分が撃たれるなんて、思ってもいませんでした。私は泳ぎ続けていました。再び銃声が鳴り響くと、不意に、まるでミツバチに刺されたような痛みを首筋に感じました。私がふり向くと、原住民が操っている小船に白人が乗り込んでいるのが見えました。どうやらイギリス人のようです。私を撃ったのはその男でした。ああ！私にとって人間は、獣にも劣らぬほど危険な存在だったのです。

私は一体どうすればよかったのでしょうか？　私は、イギリス人に向かって、撃たないでくれと叫びたかったのですが、私の出せる音といったら、哀れな鳴き声だけでした。もしイギリス人が急所に命中させたら、私は死んでしまうでしょう……あなたは頭部の危険な場所を教えてくれましたね——脳のある眼と耳の間です。私は、あなたの言葉を思い出したので、そこに弾があたらないように首をひねると、岸に向って懸命に泳ぎました。岸に上がると格好の標的になってしまいましたが、頭は森に向いていました。おそらく、イギリス人はゾウ狩の作法——後ろから撃っても意味がない、という事を良く承知していたのでしょう。彼はもう、それ以上は撃たず、どうやら、私が自分の方に振り向くのを待っていたようでした。しかし、私はもう獣たちの事などは忘れて、茂みに飛び込んだのです。

　森は次第に深くなって行きました。蔓が行く手をさえぎります。そのうち網のように絡みついてきて、引き千切れないほどになり、私は立ち往生してしまいました。すでに死にそうなほどに疲れていたので、ゾウの立場でそんな事をしていいのかどうかも考えずに、その場で横になりました。

　恐ろしい夢を見ました。大学の助教授で、ターナー教授のアシスタントを務めている私が、ベルリンのウンター・デン・リンデンにある、狭い自分の部屋にいるようなのです。夏の夜、開け放たれた窓の向こうでは、星が一人ぼっちで輝いています。ボダイジュの花の香りが漂い、テーブルの上では、青いベネチアングラスに生けてあるナデシコが、うっとりとするような香りを放っています。その心地よい香りの中に、ねっとりと鼻につくような、ちょうどカシスを思わせるような匂いが、まるで招かざる客のように侵入してくるのです。でも、私には解っています。それは獣の匂いだと……私は翌日の講義の準備をしています。ボダイジュとナデシコ、そして獣の匂いを感じながら、本に覆いかぶさるようにして、うとうとしています。恐ろしい夢を見ているのです。まるで私がゾウに変身して、熱帯のジャングルにいるような……獣の匂いがしだいに濃くなって行きます。私はその匂いに安心しています。眼が覚めると、しかし、それはもう夢ではありませんでした。まるでルキウスがロバになった*ように、私は、現代科学という名の魔法の力で、確かにゾウになっていたのです。

＊アプレイウス（一二三?～?）の著書『変容（または黄金のロバ）』の主人公ルキウスは、魔術でロバに変えられてしまう。

二本足の獣の匂い。アフリカ原住民の汗の匂いがします。その匂いに白人の匂いが混ざっています。それは、きっと小船から私を撃った男でしょう。あの男は私の足跡を追っているのです。もしかすると、すでに茂みの向こうに潜んで、急所である眼と耳の間に銃口を向けているのかもしれません……

私は急いで立ち上がりました。匂いは右側からです。という事は、左側に逃げなければならない。そこで私は、枝を折りながら急いで潅木の茂みに分け入って行きました。すると――一体誰に教わったのでしょう?――私はまるで、ゾウのような事をしているのです。ゾウは、追跡してくる相手を惑わせるために、騒々しく退却した後で、突然静かにするのです。追跡してくる相手は、物音一つ聞こえてこないので、ゾウが立ち止まったと思い込んでしまうのです。しかし、ゾウは、慎重に足を運び、注意深く木の枝をかき分けながら、逃げ続けているのです。それは、ネコでもこれ以上静かには歩けないだろう、というほどなのです。

二キロメートルは走り通したでしょう。そこで、思い切って後ろをふり向いて、匂いを嗅いでみました。まだ人の匂いはしていましたが、それも遠くで、一キロメートルは離れているだろうと思われました。それでも私は、懸命に走り続けました。

うだるように熱く、まるで目隠しをされたように真っ暗な熱帯の夜が訪れました。暗闇とともに恐怖も訪れました。恐怖は四方から私を包み込んで、まるで暗闇のように逃げ場がありませんでした。どこに逃げればいいんだ？　どうすればいいんだ？　立ち止まっているのは危険だと感じたので、私は、とぼとぼと歩き続けていました。

そのうちに、足元ではびしゃびしゃと水の音がして、そのまましばらく歩いて行くと――水辺に出ました……何だろう？　川だろうか、湖だろうか？　泳いで行く事にしました。水の中にいれば、少なくともライオンやヒョウに襲われる心配がなかったからです。私が泳ぎだすと、意外にも、あっという間に底に足が届いて、浅瀬に辿り着きました。そこからはまた、歩き出しました。

途中でいくつもの小さな流れや小川、沼地などと出会いました。草むらの中からは、姿の見えない小動物が、私に向かってうなり声を上げたり、巨大なカエルがびっくりして飛び退いたりしていました。私は、一晩中さまよい歩いて、夜が明ける頃には、すっかり道に迷ってしまったのに気がつきました。

それから何日かが過ぎた頃には、以前は怖がっていたような事にも、むやみに怯えたりはしなくなっていました。おかしなものですね！　自分が生まれ変わったその日には、皮膚に棘が刺さる事すら怖がっていたのです。鼻の指状突起に棘を刺した経験が、私を臆病にしていたのでしょう。でも、しばらくすると、どんなに鋭く頑丈な棘も、私にかすり傷一つ負わせられないのだ、そう確信しました。鎧のようにぶあつい皮膚で守られているのですからね。それに、間違って毒蛇でも踏みつけてしまったらどうしよう、などとも思っていました。だから、初めて毒ヘビを踏みつけてしまい、そのヘビが私の足に巻きついて、今にも噛み付かれそうになった時には、恐怖のあまりに、私の巨大なゾウの心臓が、すっと冷たくなりました。でも、すぐに私は、ヘビは、私に害を及ぼすだけの力はないのだと確信しました。それ以来、私の行く手に道を譲らぬようなヘビがいたら、それを踏み潰すのが楽しくすらなっていたのです。

それでも、恐ろしいものはいくつもありました。夜間は大型の肉食獣の襲撃を恐れていました——ライオンやヒョウですね。私はそれらの獣よりも力は強かったし、戦闘力も劣ってはいませんでしたが、私自身には戦いの経験がありませんでしたし、とるべき行動を指示してくれる本能もなかったのですからね。日中は狩人を、特に白人の狩人を恐れていました。まったく、白人たちときたら！　彼らはこの世で最も危険なケダモノです！　彼らの仕掛ける様々な罠、落とし穴、などは怖くはありませんでした。篝火を焚いたり、鳴子を鳴らして罠に追い込もうとしても、その手には乗りません。唯一私が恐れていたのは——偽装された落とし穴に嵌る可能性があった事で、足元には充分注意をしていました。

村の匂いは数キロメートル先からでも判りましたから、人里は、全て大きく迂回するように心がけていました。匂いで種族を識別することもできましたよ。ある種族はかなり危険だったし、別な種族はそれほどでもなく、ほかにも、まったく無害な種族もありました。

ある時、鼻を伸ばしてみると、私は今まで嗅いだ事のないような匂いを——獣なのか人間なのかも判断しかねる匂いを嗅ぎつけたのです。どちらかと言えば人間でしょうか。私は、それが気になって仕方ありませんでした。何しろ、私は、森の事を学び、私を脅かすもの全てについて知らなければなりませんでしたからね。私は、方位磁石に従って行くようにして匂いに向かって、用心には用心を重ねて歩いて行きました。それは、夜遅く、原住民たちが最も深い眠りに落ちている時間帯でした。私は、なるべく物音を立てないようにして、こっそりと、そして注意深く前を見詰めながら忍び寄って行きました。次第に匂いが強くなってきました。

明け方、私は、森の外れにやってくると、深い茂みに身を隠して、目の前の空き地を眺めてみました。ぼんやりとした月が森の上にかかって、灰色の月明かりが、いくつも並んで立っている、屋根の尖った背の低い小屋を照らしていました。普通の人なら、こんな小屋には、坐ってでもなければ居られません。辺りは静まり返っていました。イヌの遠吠えすら聞こえてきませんでした。私は風下から近づいて行きました。一体誰が、この、まるで子供が遊びで作ったような小さな小屋に住んでいるのでしょう？　私は、それが気になって仕方なかったのです。

私はふと、地面に開いた穴から、何か人間のような生き物が這い出してきたのに気がつきました。両足で立ち上がると、口笛を吹き鳴らしました。その口笛に応えるように、もう一匹の生き物が木の枝から飛び降りてきました。小屋からは、もう二匹の生き物が出てきました。その生き物たちは、一メーター半ほどの高さがある大きな小屋の所に集まると、なにやら相談を始めました。朝一番の陽の光が空にとどいて、その《一寸法師》たちの――私は、その奇妙な生き物にそう名付けたのです――姿が見分けられるようになった時、私は、自分が、地球上で最も背の低い人種であるピグミー族の集落に迷い込んでしまったのだ、と確信しました。彼らは、浅黒い肌をして、髪は、赤毛と言ってもいいでしょう。とても端整でバランスのよさそうな体つきをしているのですが、彼らの身長は、八十から九十センチほどでしかないのです。その《子供たち》の中には、濃くてちぢれたひげを蓄えている者もいました。ピグミーたちは、甲高い声で、早口に何かを話していました。

それはとても滑稽な光景だったのですが、しかし、私の背筋は寒くなりました。私にしてみれば、こんな恐ろしい小人に出会うぐらいなら、巨人と出合った方がまだましだったのです。どちらかを選べ、と言われれば、白人の狩人に会う方を選んだでしょう。子供のような身長なのにもかかわらず、ピグミーは、ゾウにとっては最も恐るべき敵だったのです。その事は、ゾウになる前から知っていました。彼らは、弓を射たり、槍を投げたりする事に関しては、第一級の名手だったのです。彼らは、ゾウですらも一撃で死に至らせるほどの毒矢を使っていましたし、背後から、音もなくゾウに忍び寄って、後ろ足を投げ縄で絡め取ったり、鋭いナイフでアキレス腱を切断したりします。自分たちの村の周囲には、毒を塗った棒を植えたり、棘を撒き散らしています……

私はいきなり身を翻すと、かつてヒョウから逃げ出した時のように、大慌てで逃げ出しました。後ろで叫び声が聴こえ、それに続いて追跡の足音が聴こえてきました。目の前が平坦な道だったら、私は逃げ切れていたでしょう。しかし、私が駆けていかねばならなかったのは鬱蒼とした密林でしたから、越える事のできない障害は、一々迂回して行かねばならなかったのです。追っ手の身軽さは、まるでサルのよう、滑らかな動きはまるでトカゲのよう、疲れを知らない事では、まるでボルゾイ犬のようで、まるで、彼らにとっては、障害物などないも同然、とでも言うような速さで走っていたのです。追手が迫ってきました。後ろからは何本もの槍が飛んできました。幸いだったのは、鬱蒼と生い茂った草木が私を守ってくれた事です。私は息苦しくなってきて、疲労のあまりに倒れてしまいそうでした。しかし、小さな人間たちは、転んだり躓いたりもしなければ、一歩も立ち止まる事もなく、私の後を追ってくるのです。

私は、色々辛い経験をしたおかげで、ゾウでいるのも楽な事ではないな、とつくづく思いましたよ。ゾウのように巨大で力強い動物であっても、その一生は――一瞬の絶え間もなければ終わる事もない生存競争の只中にあるのですからね。私には、ゾウが百年以上も生きる、なんて事は有り得ないような気がしていました。これ程までの不安にさらされているのなら、人間よりも早く死んでしまってもおかしくはないでしょう。もっとも、本物のゾウだったら、私ほど動揺したりはしなかったのかもしれませんが。私は、とても神経質で心配性な人間の脳を持っていたのですからね。あの時の私は、常に死に追いかけられて生きて行くよりも、いっその事、死んでしまった方が楽なのではないか、とすら思っていたのです。立ち止まってみたらどうだろう？　この胸を、二本足の害獣たちの毒矢や毒槍の攻撃にさらしてしまったら？……それを実行する心の準備は出来ていました。でも、最後の最後で気持ちが変わりました。ふと、ゾウの群れの強い匂いを嗅ぎつけたのです。ゾウたちと一緒になれば、何らかの活路が見出せるんじゃないか？　そう思い直しました。

鬱蒼とした森が開けてきて、次第にサバンナに変わって行きました。サバンナには、身を隠せるような大きな木々が点々と生えていたおかげで、追跡者の矢から逃れる事ができました。私はジグザグに走りました。ここでは、ピグミーたちも、森のようには走れませんでした。私が走った跡が、広く道のようになってはいましたが、それでも、ステップに生えている植物の太い茎は、ピグミーたちが走るのに邪魔になっていました。まだ見えないながらも、ゾウの匂いはますます強くなってきました。

行く手には、いくつもの大きなくぼみが見受けられるようになってきました――そこでは、ニワトリが砂あびをするように、ゾウが転げまわっていたのでしょう。あちこちに糞が落ちていました。あそこです、ここから一番近い木立の所です。何頭ものゾウが地面を転げまわっている姿が見えてきました。木立のそばにいる別なゾウたちは、大きな木の枝を鼻でつかんで、まるで扇子のようにして扇ぎながら、同時に尻尾を振っていました。ゾウたちの、軽く持ち上げた耳は、まるで日傘のようです。のんびりと川で水浴びをしているゾウたちもいます。私は風下で走っていたので、ゾウたちは私の匂いに気が付きませんでした。警報が発せられたのは、群れの端にいたゾウたちが私の足音を聞きつけた時でした。それはもう、大変な騒ぎになりました！　ゾウたちは、懸命に鼻を鳴らしながら、岸辺を右往左往していました。後方を守るはずだった群れのリーダーは、真っ先に駆け出すと、川に飛び込んで、とっとと反対岸に渡ってしまいました。子供思いの母ゾウたちは、大人のゾウとほとんど変わらないぐらいに育った子供たちをかばっていました。メスたちが後方を守ることになってしまったのです。私の出現が、それほどまでに彼らを驚かせたのか、それとも、私の狂ったような走りっぷりから、ただならぬ危険を感じ取ったのでしょうか？

私は、走ってきた勢いそのままで川に飛び込むと、多くの子連れのメスたちよりも先に反対岸に辿り着きました。そして、私と、私の追跡者たちの間に何頭ものゾウが挟まるように、なるべく彼らの先頭に立とうとして懸命に走りました。もちろんそれは私のエゴなのですが、子連れの母ゾウを除いたほかのゾウたちも、私と同じようにしていたのです。私は、ピグミーたちが川岸に辿り付いたような物音を耳にしました。ピグミーの甲高い声と、ゾウたちが鼻を鳴らす音が入り混じっています。そこでは、何か恐ろしい事が起こっていたのでしょうが、私は、ふり向くのが怖かったので、そのまま広々とした平原を駆け抜けて行きました。だから、私は、川辺で起こった人類の小人たちと獣の巨人たちとの戦いがどのような結末を迎えたのかは知りません。

私たちは、立ち止まることなく何時間も走り続けていました。疲れ切っていた私は、何度もゾウたちに置いて行かれそうになったのですが、どうしても群れから取り残されたくはなかったのです。もしも、この先、ゾウたちが私を仲間に入れくれさえすれば、私はその仲間内で比較的安全に過ごせるでしょう。彼らは、地域のことや敵について、私とは比べ物にならないくらいよく知っているのですから。

XI　群れの中で

ようやく、先頭を走っていたゾウが立ち止まると、それに続いて走っていたゾウたちも立ち止まりました。私たちは後ろを振り返って見ました。追ってくるものは誰もいませんでした。ただ、それぞれの母親に付き添われた二頭の若いゾウが、私たち目掛けて駆けてきたのです！

誰も私には注意を払っていないようでした。でも、遅れてやってきた最後のゾウたちが到着して、群れがいくらか落ち着きを取り戻してくると、ゾウたちは私に寄ってきて、鼻で匂いを嗅いだり、じろじろ見回したり、私の周りをうろついたりするようになりました。彼らは、低いうなり声を上げて、何かを訊ねているようなのですが、私には答える事ができませんでした。そのうなり声が一体何を意味しているのか――非難されているのか、それとも歓迎されているのか、すらもわからなかったのです。

私はリーダーを一番恐れていました。ワグナー教授が手術をするまでは、《私》も群れのリーダーだった、という事を知っていたからです。私の出合った群れがまさにその群れだったとしたら、新しいリーダーは私と権力争いをするでしょうか？　とても大きくて力の強そうなリーダーが、私の所にやってきて、さも偶然のように、私のわき腹を牙で押した時には、正直、生きた心地がしませんでした。私はされるがままでした。リーダーは、今度は戦いを挑むように、もう一度私を押してきました。しかし、私は挑発には乗らずに脇に避けました。すると、ゾウは、鼻を丸めて口に入れ、その口を軽くすぼめたのです。後になって解ったのですが、ゾウはそんな風にして戸惑いやおどろきを表わすのでした。どうやらリーダーは私の従順さに戸惑って、どうしたらいいのか解らないようでした。でも、その時私は、まだゾウの言葉を知らなかったので、そうやって私に挨拶しているのだろうと思い、やはり同じように、鼻を口に入れてみました。ゾウはぴぃ、と鳴き声を上げると私から離れました。

今は、ゾウの出すそれぞれの音の意味が解ります。静かにうなっているのは、ぴぃ、というのと同じで満足の意味です。恐怖を感じると大声で吠え、思わぬ事に驚いた時には——短く鋭い声を上げます。群れは私の出現に、まさにそんな声で応えたのです。激怒したり、傷ついたり、不安から激しく感情を乱した時には、太くてしゃがれた声を上げます。岸辺に残っていたあるゾウは、ピグミーの襲撃を受けてそんな声を上げていました。もしかすると、そのゾウは毒矢で致命傷を負ったのかもしれません。ゾウが敵を攻撃する時には、激しい金切り声を上げます。私が翻訳したゾウ語は、主だった感情を表わす《単語》にしか過ぎません。しかし、それらの《単語》には、もっと様々なニュアンスがこめられているのです。

初めのうちは、なにかの拍子に私が本物のゾウでない事をゾウたちに見破られて、群れから追い出されてしまうのではないかと、ひやひやしていました。おそらく、ゾウたちは、なんとなく私の様子がおかしいのに気付いていたのでしょうが、それでも、かなり優しい連中でした。私に対しては、少々頭はおかしいものの、誰の邪魔にもならないような知的障害者に対するような態度で接していました。

私の生活は、まったく単調な物でした。いつも一列になって旅をしていました。午前十時か十一時ぐらいから午後三時ごろまでは休憩して、それから、また草を食べたり、あたりをうろついたりしていました。夜も、また数時間休憩を取っていました。横になっているゾウもいましたし、ほとんど全員がまどろんでいる中、一頭は見張りに立っていました。

私は、ゾウの群れの中で一生を過ごさねばならない事には我慢ができませんでした。人恋しくてたまらなかったのです。たとえゾウの姿をしていても、人間と一緒に、穏やかで暢気な暮らしがしたかったのです。だから、もし白人たちが、象牙ほしさに私を殺す、という恐れさえなければ、喜んで白人の許に行ったでしょう。今だから言いますが、私は、自分の牙を折ってしまおうとした事さえもあったのです。そうすれば、私は、人間にとって価値のないものになるのですからね。しかし、それも叶いませんでした。牙が頑丈だったのか、私の力が足りなかったのかもしれません。そんな風にして、ひと月以上もゾウたちと一緒にさすらっていたのです。

ある時私たちは、広大なサバンナの、見晴らしのいい場所で休憩していました。私は見張りに立っていました。その夜は月もなく、満天の星空だったのです。群れはいつもよりおとなしくしていました。私は、もっとよく物音が聞こえるように、もっとよく夜の匂いを嗅げるように、と、少し群れから離れたのです。それでも、匂ってくるのは、様々な種類の草花と、私たちには危害を及ぼさない小さな爬虫類や小動物の匂いだけでした。しかし、突然、遥か彼方で、ほとんど地平線のあたりで、ぱっと火の手が上がったのです。その火は一旦消えましたが、それからまた、ぱっと火の手が上がって燃え盛ったのです。

数分が過ぎました。炎の左側で二つ目の火の手が上がり、それから少し距離をおきながら、三つ目、四つ目の火の手が上がりました。それが野営している狩人のはずはありません。焚き火は等間隔で燃え上がって行きました。それはまるで、ステップに道路が開通して、そこに街灯の明かりが灯ったように見えました。その時、私は、同時に私の反対側でも同じように、次々と火の手が上がって行くのに気がついたのです。私たちは二列の炎にはさまれた格好になっていました。まもなく、その二本の炎の列にはさまれた道路の一方の端では、けたたましい音とともに勢子の叫び声が聴こえてくるのでしょうし、その反対側の端では、落とし穴か囲い罠が私たちを待ち受けているのでしょう。罠の種類は、猟師たちの目的によって——生け捕るのか殺してしまうのか——によって変わってきます。落とし穴であれば、私たちは足を折ってしまうので、何の役にも立ちませんから、ただ殺されるしかありませんし、囲い罠なら、奴隷の暮らしが私たちを待っている、という訳です。ゾウは炎を恐れます。そもそも、彼らは臆病な獣なのです。大きな音で眼を覚ましたら、炎や音のない方に逃げて行くでしょう。そこでは、罠、もしくは死が、静かに彼らを待ち受けているのです。

そんな事情を知っているのは、群れの中でも私一頭だけです。しかし、それが一体何かの役に立つのでしょうか？　一体どうすればいいのでしょうか？　炎に向って行くか？　そちらでは、武器を持った人間たちが私を出迎えてくれるでしょう。でも、もしかすると、その防衛線を突破できるかも知れません。みすみす殺されるか、奴隷にされてしまうぐらいなら、危険を冒してでも行動した方がましでしょう。しかし、そうなったら、私は、天涯孤独のはぐれゾウ、として生きて行かねばなりません。遅かれ早かれ、いずれは、銃弾か毒矢に倒れるか、獣の牙にかかって死んでしまうのでしょう……

私は、まだ、自分ではどうしていいのか迷っているようなつもりでいたのですが、実は決心が付いていたようです。自分でも気づかぬうちに、脇に避けていたのは、眼を覚まして逃げ惑い、破滅に向かって行くゾウたちの混乱の渦に巻き込まれたりしないようにするためでした。

すでに勢子は叫び声を上げ、太鼓を打ち鳴らし、けたたましい音を立てて口笛を吹き鳴らし、ぱんぱんと銃を撃っています。私は、力いっぱい鼻を鳴らして合図を送りました。ゾウたちは眼を覚ますと、驚いてその場で足踏みをしながら、あらん限りの力をふりしぼって鼻を鳴らしています。大地を揺るがすほどの凄まじい雄叫びです。ゾウたちはあたりを見回して、こちらに迫ってくるように見える炎（勢子たちがぐんぐん迫っているのです）に気がつくと、吠えるのをやめて、一斉にどっと駆け出したのですが、そちらからも、けたたましい音を立てて勢子たちが押し寄せて来ます。群れは反転して、その反対側に……破滅に向かって突き進んで行きました。確かに、すぐに破滅に辿り付く訳ではないでしょう。狩は数日間に亘って続けられます。炎は次第に近づいてきて、勢子たちは、じりじりとゾウたちに迫ってきて、罠にはまるか穴に落ちるまで、ひたすら追い立てるのです。

でも、私は、ゾウたちと一緒には行きません。私は、一人残ったのです。群れ全体が捉われた恐怖によるパニックは、私の持つゾウの神経にも伝わって来て——その神経を通して、私の人間の脳に伝わってきました。恐怖で意識が混濁しています。群れの後を追って、今にも駆け出しそうになっています。私は、持てる限りの勇気と、意志とを奮い立たせます。『そんな事をしては駄目だ！』そう自分に言い聞かせていました。私の人間の脳は、ゾウの恐怖を克服しようとしています。その巨大な肉の塊、血液、骨格、そういった、私を死に追いやろうとするものたちの全てに勝利しようとしていたのです。

そして、私はまるで、運転手が《トラック》のハンドルを切るようにして、ぐるりと川に向き直ります。大波としぶき、そして、静けさが……水は、私のたぎりたったゾウの血を冷ましました。理性が勝利したのです。もう私は、しっかりと理性を《手にして》ゾウの足をコントロールしています。その足は、静かに川床の泥を踏みしめています。

私は、自分の身を守るために、普通のゾウには真似できないような事をしてやろうと決心して、まるでカバのように水に潜りました。鼻先だけを水面に出して息をするよう心がけていたのです。それを続けようとして頑張るのですが、耳や眼に水が入ってくるのが不愉快です。時々、水面から顔を出して、辺りの物音に耳を澄ませます。勢子たちが迫っています。再び水に潜ります。勢子たちは、私に気づかず、近くを通り過ぎて行きました。

『こんな絶え間のない緊張と恐怖はもうまっぴらだ。運は天に任せたけれど、猟師たちの所にだけは行かないぞ。スタンリー・プールとボーマの間には、外国人居留地が何箇所かあったはずだ。それを探しにコンゴ川を下ろう。外国人居留地か農場に行って、私が野生のゾウではなく、人に飼いならされたゾウだ、という事が解るようにすれば、心の優しい人なら、無下に私を追い払ったり、殺したりはしないだろう』私はそう考えていました。

XII 密猟の片棒を担ぐ

その計画を実行するのは、私が思っていたほど簡単ではありませんでした。コンゴ川の本流はすぐに見つかり、私は川を下って行きました。日中はこっそりと川岸を歩き、夜は川を泳いで行ったのです。旅は順調に進んでいました。もう、川もこのあたりになると、船の往来が激しくなるので、野生の動物たちは警戒して、川岸には近寄りません。川下りをしている間――それは一月ほども続いたのですが――ライオンの遠吠えを聞いたのは、たったの一度だけでしたが、ある時、とても不愉快な鉢合わせをしたのです。文字通り、そして言い換えれば、カバとの衝突です。それは、夜遅くの出来事でした。奴は、鼻面だけを水面に出して、水中に沈んでいました。そうとは知らない私が泳いでいると、まるで、氷山にでもぶつかってしまったかのように、その不恰好な動物に衝突してしまったのです。カバは水中深く潜ると、そのとぼけた顔で、いやというほど私の腹を突いたのです。私は慌てて飛び退きました。カバは水面に浮き上がると、忌々しそうに鼻息を荒げて、私の後を追ってきました。それでも私は何とか逃げきりましたよ。

無事ルクンガまで辿り着くと、そこで大規模な外国人居留地を発見しました。国旗を見た限りではベルギー人居留地のようでした。朝早く森を出て行き、お辞儀をするように、こっくりこっくり首をふりながら商館に向って行きました。でも、その作戦は失敗に終りました。二頭の大きな番犬が、狂ったように吠えながら、私に襲い掛かって来たのです。商館の建物からは、白い制服を着た男が出てきたのですが、私を見ると、慌てて建物に駆け込みました。数人の黒人たちが、叫び声を上げながら庭を駆け抜けて、やはり建物の中に隠れてしまいました。そして……そして二発の銃声が聞こえてきたのです。三発目を待つつもりはなかったので、元来た方を振り向くと、その場を後にしました。

ある晩、私が、木々もまばらな侘しい森を歩いていた時の事です。中央アフリカではそんな森は珍しくありません。緑は濃くて、足元の地面はぬかるみ、木の幹は黒々としています。激しい雨が上がったばかりで、熱帯地方にしては、いやに冷え冷えとして、風の強い夜でした。分厚い皮膚をしてはいましたが、私は――ほかのゾウも同じでしょうが――湿気にはかなり敏感だったのです。雨が降っていたり、湿度が高かったりした時には、暖を取るために、立ち止まったりせずに歩いています。

私はてくてくと、もう、何時間も歩き続けていたのですが、ふと、先の方に大きな焚き火が見えてきたのです。そのあたりは、まったく人跡未踏の土地で、黒人にすらお目にかかる事はありません。一体誰がこんな所で焚き火を焚いているのだろう？　私は足を速めました。森が終ると、背の低い草が生えているサバンナになっていました。どうやら、ここでは最近山火事があったようで、そのためにまだ草が伸びきっていないのでしょう。森から五百メートルほど離れた所に、古ぼけたぼろぼろのテントが見えました。その脇では焚き火があかあかと燃え上がり、焚き火の脇には二人の人間が、恐らくヨーロッパ人が坐り込んでいました。そのうちの一人は、焚き火の上にぶら下げられた鍋の中身をかき混ぜています。三人目がいました。半裸で美貌の、一目で原住民だとわかる若者が、焚き火から少しはなれた所で、まるでブロンズ像のように立っていたのです。

私は、人間たちから眼を離さずに、ゆっくりと焚き火に近づいて行きました。彼らが私に気がつくと、私は、飼いならされたゾウが背中に荷物を積む時にするように、跪いてみせました。コルクのヘルメットをかぶった背の低い男は、慌てて銃を取りました。間違いなく私を撃つつもりでした。しかし、その時、原住民が片言の英語で叫びました。

「ダメヨ！　コレハイイコ、コノゾウ、ヒトノトコニイタネ！」そう言うと、私に向かって駆けてきました。

「どけ！　さもないと、てめえのどてっぱらに風穴開けちまうぞ！　おい、てめえ！　名前は何だっけ？」白人は、狙いつけたままでそう叫びました。

「ムペポ」原住民は応えましたが、私からは離れるどころか、まるで自分の体で私を銃弾から守ろうとするように、こちらに駆け寄りました。

「ミテヨ、バナ(旦那様)、ナレテルヨ！」私の鼻をなでながら、彼はそう言いました。

「どきやがれ、このエテ公め！」銃を持った男は叫びました「ぶっ放すぞ！　いち、にの……」

「待てよ、バカラ」もう一人の、やせて背の高い白人が言いました。「ムペポの言う通りだぜ。象牙はしこたまあるんだが、マタディまで運ぶにしたってかなりの手間だし、運賃だって莫迦にならねえ。どうやらこのゾウは人になれてるようだぜ。こいつが誰ので、なんでこんな夜中にほっつき歩いてるのかは、おれたちの知ったこっちゃねえやな。こいつはずいぶんと重宝するぜ。ゾウはな、一トンぐらいは担げるんだぞ。もっとも、それだけ担がせたんじゃあ遠くまでは行けやしねえがな。まあ、五百キロってとこだろう。簡単に言やあ、ゾウ一頭で三、四十人分の人夫の代わりになるんだぜ、判っただろう？　おまけに、こいつには一銭もかからねえだろ。最後に用がなくなったら、こいつを始末して、この上等な象牙をコレクションに足せばいいじゃねえか。どうだい？」

バカラ、と呼ばれた男は、じれったそうに話を聞いていましたが、その間にも、何度も引き金に指をかけていました。しかし、相手がゾウの代わりに人夫を雇うといくらかかるか計算をしてみせると、それに納得して銃を下ろしました。

「おい、てめえ！　名前は何だっけ？」彼は原住民に訊ねました。

「ム……ペポ」原住民は答えました。

てめえ！　名前は何だっけ？》そう訊ねていたのです。後でわかったのですが、バカラは毎回原住民に《おい、てめえ！　名前は何だっけ？》そう訊ねていたのです。すると、決まって原住民は、自分の名前なのに言いづらそうにして《ム》の所で少し間合いをおいて、《ム……ペポ》と答えていたのです。

「こっちに来いよ。ゾウを連れてくるんだ」

私は、行こう、と言うムペポの仕草に従って、焚き火の所まで歩いて行きました。

「なんて名前にするかな？　ええ？　トランプ（風来坊）、ってなどうだい――こいつにぴったりじゃねえか。お前はどう思う、コックス？」

私は、コックスの方を見ました。その男は、何だか全身が青紫色をしているように見えました。特に驚いたのはその鼻で、まるで、ついさっき紫色の塗料から引き抜いたかのようだったのです。青紫の体に青紫のシャツを着て、胸元は大きくはだけ、袖は肘より上に捲り上げていました。コックスは、歯切れの悪いしゃべり方をしていましたが、それが私には、声までが青紫色をしているように聴こえたのです。その不明瞭な声は、まるでシャツの様に色あせていました。

「まあ、そんな所だろうよ」彼は賛成しました「トランプって事にしようぜ」

焚き火の脇のぼろきれがうごめいて、その下からひどく弱々しい割にはよく通る低い声が聴こえてきました。

「何かあったのか？」

「お前さん、まだ生きてたのか？　おれたちはとっくに死んじまったんだとばっかり思っていたぜ」バカラは、素っ気ない調子でぼろきれに話しかけました。

ぼろきれはいっそう激しく震えだし、突然その下から、にゅっ、と大きな手が突き出されたのです。その手はぼろきれを払いのけました。大柄でがっしりとした体格の男が起き上がると、ゆらゆらと揺れる体を両手で支えて坐りなおしました。男の顔にはまったく血の気がありませんでした。赤いひげはくしゃくしゃにもつれていました。どうやら、その白人は――まるで雪のように白い顔をしていましたから――病気にかかっていたようでした。どんよりとした眼が私に向けられました。病人は、にやりと笑って言いました。

「三匹の浮浪者の所に四匹目のお出ましとはな。肌が白けりゃ心は黒い。正直者はバクバだけだ！」病人は、ぐにゃりと仰向けに倒れてしまいました。

「うわごとを言ってやがる」バカラが言いました。

「どうもこいつのうわごとは癇に障るな」コックスは相槌を打ちました「謎かけなんかしやがって。正直者はバクバだけ、だそうだ。一体何の事だか解るか？　何しろムペポの野郎はバクバ族だからな。それはお前だって、あいつの歯を見りゃ解るだろうよ。上の門歯を折ってるのはバクバのしきたりだからな。ってことは、あいつ一人が正直者で、おれたちゃペテン師だって事だな」

「当のブラウンもそのお仲間だろ。やつはおれたち以上に色が白いんだしな。ってことは、やつの言う通りなら、よっぽど腹黒いんだろうよ。ブラウン、お前さんもペテン師なんだろ？」

しかし、ブラウンは返事をしませんでした。

「また気を失ってやがるのか」

「そのほうがいいだろう。このままずっとおねんねしていてくれりゃあもっといいんだけどな。今となっちゃあ碌に役に立たねえばかりか、足手まといになってるんだからな」

「よくなりゃあ――おれたちの二人分は働くぜ」

「そいつがまた、あんまりありがたくねえんだよ。おまえ、こいつが厄介者だってのが解らねえのか？……」

ブラウンがぶつぶつとうわごとをつぶやき始め、二人の話し声が途絶えました。

「おい、てめえ！　名前は何だっけ？」

「ム……ペポ」

「逃げ出さねえようにゾウの足を木に括っとけ」

「ゾウ、ニゲナイヨ」私の足をさすりながらムペポは言いました。

翌日になると、私にも新しい飼い主たちの様子がよく解ってきました。中でも一番気に入ったのはムペポでした。彼はいつも陽気で、上の門歯が二本なかったので、多少みっともなくなってはいましたが、白い歯を見せてにこにこ笑っていました。どうやらムペポはゾウが好きらしくて、まめまめしく私の面倒を見てくれました。彼は、私の耳や眼、足、そして肌のしわまできれいに洗ってくれましたし、おいしい木の実や野いちご、といったご馳走も、わざわざ私のために探して持ってきてくれたのです。

ブラウンは、相変わらず臥せっていたので、どんな人間なのかはまったく解りませんでしたが、彼の顔立ちや、仲間たちと話す時の歯に衣着せぬ物言いは気に入っていました。でも、バカラとコックスには、まったく好感が持てませんでした。特に、バカラには虫唾が走ります。バカラが着ている服はぼろぼろでしたが、その生地や仕立ては極上のものでした。そんな服装をしているのは、どこかの大金持ちの旅行者に決まっています。恐らくバカラは、服やテントを犯罪的な手段で手に入れたのだろう。私はそう思っていました。イギリス名門の探検家でも殺害して、その人の持ち物を巻き上げたのかも知れません。素晴らしい銃も、やはりそのイギリス人の物だったのかもしれません。バカラは、幅の広いベルトに大型のリボルバーと、馬鹿でかいナイフをぶら下げていました。バカラは、ポルトガル人ともスペイン人ともつかず、生国、出自、生業も不明の無籍者だったのです。

薄紫のコックスは、イギリス人ですが、自国の法律に従わない無法者でした。この三人は密猟者だったのです。彼らは、法も国境も無視して、象牙のためにゾウ狩をしていたのです。

ムペポは、彼らのガイドであり、狩のインストラクターでもありました。彼は若いにもかかわらず、ゾウやゾウ狩りに関しては、とても詳しかったのです。彼のゾウ狩りの方法は、荒っぽくて野蛮でした。でも、彼は他のやりかたを知らなかったのです。彼は、代々父親たちから受け継がれてきたやり方に従っていたのです。しかし、密猟者たちにとっては、どんな方法でゾウが殺されようが、知った事ではありません。彼らは、焚き火の輪でゾウを包囲して、煙とやけどで息も絶え絶えになっているゾウに止めを刺したり、尖った杭を植えた落とし穴にゾウを追い落としたり、後ろ足の血管を切ったり、頭の上から丸太を落として失神させて、それから止めを刺したりしていました。ムペポは、とても彼らの役に立っていたのです。

XIII　狂ったトランプ

ある日のことです。コックスとバカラは私の背中に乗って、前日に殺したゾウの象牙を取りに、数十キロの道のりを出かけて行きました。その時、ブラウンは、快方には向かっていたのですが、まだ衰弱が激しいので、狩には参加しなかったのです。二人は、誰にも話を聞かれる心配がなかったので、ざっくばらんに話をしていました。私の事は、ただの運搬用の動物だと思っていたのです。

「あの、チョコレート色のサル——あいつの名前は何だったたっけな？——には、約束通り、獲物の五分の一をくれてやらなきゃな」バカラは言いました。

「もったいねえな」コックスが言いました。

「で、残りを三等分しなきゃならねえ。おれとお前とブラウンだな。象牙一キロ七十五か——百マルクとして計算するとだ……」

「絶対そんなによこしやしねえよ。お前はこの商売の事をまるっきり解っちゃいねえんだな。柔らかい、とか、死んだ、とか言われるのと、硬い、とか、生、とか言われるのがあるんだよ。特級品は、柔らかい、ってのは、まあ、そう言われてるだけで、本当は、ぎっちり目が詰まってて、白くて肌理が細けえんだよ。ビリヤードの球だの、鍵盤だの、櫛なんてのは、そいつで作るんだぜ。そんな象牙が高く売れるんだ。だけど、ここいらの象牙はそんなに好いもんじゃねえのさ。柔らかいのを採りたきゃ東アフリカに行かなきゃならねえんだ。だが、あっちにいった日にゃ、ゾウを一頭仕留めるより先に、てめえの硬てえ骨をふにゃふにゃにしてもらえるだろうよ。このあたりの象牙はな――硬くて生で透き通ってるのさ。そんな象牙じゃ、ステッキか傘の柄、安物の櫛ぐらいにしかなりゃしねえ」

「じゃあ、どれだけの稼ぎになるんだ?」バカラは顔を曇らせて訊ねました「おれたちは無駄骨を折ったって言うのか?」

「なんで無駄骨なんだよ? やりかたって物があるじゃねえか。狩は四人で、獲物は半分ずつ山分けとくりゃ、こりゃ悪い話じゃねえだろう……」

「もしもおれがそれを思いつかなかった、って言うなら、ゾウに踏み潰されてぺちゃんこになってもかまわねえ」

「考えるだけじゃいけねえよ、やらなくっちゃ。ブラウンの野郎、今日明日にも全快になるわけじゃねえだろうが、そうなったら始末に追えねえ。あの赤毛野郎は、雄牛みてえな馬力があるからな。それに、ムペポの野郎はサルみてえにすばしこい、ときてやがる。奴らはいっぺんに始末しねえといけねえよ。夜がいいな。念のために酒で酔わせてな。酒はいくらか残っていただろう。そいつで充分だ」

「いつ?」

「着いたぞ……」

大きな穴の中ではゾウが横倒しになっていました。尖った杭で、無残にも腹部を突かれたのは三日前だったのですが、それからもずっと生きていたのです。バカラはそのゾウを撃ち殺すと、コックスと一緒に穴の中に降りて行き、牙を切り始めました。二人は、ほとんど一日中働いていました。もう陽は西に傾きかけていました。象牙をロープで私の背中に括りつけると、二人は引き返して行きました。

そろそろテントが見えてきたあたりで、先程の話の続きでも話すような調子でコックスが切り出しました。

「そうと決まりゃあ、ぐずぐずしてても始まらねえ。今晩だぜ」

しかし、二人の思惑は外れてしまったのです。驚いた事に、ブラウンはキャンプ地にいませんでした。ムペポは、《旦那《バーナ》》はかなり具合がよくなったので、狩に出かけて、恐らく今晩は戻らないだろう、と説明しました。バカラは小声で悪態をつきました。二人を始末するには、次の機会を待たなければならなくなったのです。

ブラウンが帰ってきたのは明け方になってからで、その時、コックスとバカラはまだ眠っていました。彼は、ムペポの所にやって来ると、その肩を叩きました。立ち番をしていた原住民は、にっこりと歯を見せて微笑みました。ブラウンは、手まねをして、若者をゾウの所に連れて行くと、ゾウを坐らせろ、と言いつけました。ムペポが私に手で合図したので、私は跪き、二人が背中によじ登ると、私は二人を乗せて、森の際に沿って歩きだしました。

「連中に土産をやろうと思ってな。奴らはおれが病気だと思っているが、実は、おれはぴんぴんしてるんだ。夜の内に、ゾウを一頭仕留めたんだぜ。でっかくて、すごい牙をしたゾウだ。お前は、牙を切るのを手伝ってくれ。そうすりゃあ、バカラもコックスも魂消るだろうよ」

川岸のコーヒーの木の茂みの中に、昇る朝日を浴びて、巨大なゾウが横たわっていました。牙を切り終えると、私たちは、もと来た道を戻って行きました。自らの破滅に向かっていったのです。ブラウンとムペポの命は、いまや風前の灯だったし、私にしても、いずれ同じ運命を辿る事になっていたのです。もっとも、私は、いつでも人間たちの所から逃げ出す事ができました。でも、そうはしませんでした。差し迫った危険はなかったし、できる事ならブラウンとムペポの命を助けたい、そう思っていたからです。特にムペポが——ほがらかで、アポロンのような体躯の若者が不憫だったのです。でも、どうすれば彼らに解ってもらえるのでしょう？　私には、差し迫っている危険を彼らに語る術がありません……　それなら、二人をキャンプに連れて行くのを拒んでみたらどうだろう？

私は、いきなり向きを変えると、道を外れてコンゴ川に向かいました。川に出れば、彼らは人間と出会うだろうし、そうすれば、ブラウンは文明社会に戻って行けるだろう、そう思ったからです。しかし、ブラウンには、私のわがままの意味が解らなかったので、尖った鉄の棒で、私の首筋をきつく叩き始めました。棒の切っ先が皮膚に食い込んできました。私の皮膚は、とても敏感な上に、化膿しやすいのです。小船に乗ったイギリス人に撃たれた傷がなかなか回復しなかった事を忘れてはいませんでした。ムペポが、首を刺さないでくれ、と懸命になってブラウンに頼み込んでいる声が聴こえましたが、ブラウンは、言う事を聞かない私に激怒して、いっそう力を込めて、深々と棒を突き刺してきたのです。

ムペポは、私をなだめようとして、自分たちの部族の言葉で、優しく私に話しかけてきました。言葉は解りませんでしたが、声の調子というものは、全ての人間や動物に共通して理解できるものです。ムペポは屈み込むと、私の首筋にキスをしました。可哀想なムペポ！　自分が何を私に頼んでいるのかが解ったら！……

「こんな奴は殺しちまえ、もう勘弁できねえからな！」ブラウンは言いました「トランプの野郎が、運び屋はいやだ、とぬかすんなら、もうこれ以上は用がねえから、牙を切り取るまでだ。ろくでもねえゾウだな！　本物の《風来坊《トランプ》》たあこいつの事だ。よその飼い主の所から逃げ出してきた分際で、今度はおれたちにの所からとんずらしようとしやがって。だが、そうは問屋が卸さねえ。今から眼と耳の間《きゅうしょ》に一発お見舞いしてやるからな」

私は、その言葉を聴いた途端に全身が震えだしました。ブラウンはゾウを追う猟師ですから、自分の乗っているゾウを撃ち損じるはずがありません……自分の命と引き換えに二人を助けるのか、それとも、二人を死神の手に委ねてしまおうか？　私は、ムペポが必死になって、私を許してくれ、とブラウンに頼み込んでいる声を聴いていました。しかし、イギリス人は、こうと言ったら一歩も引きません。ブラウンは、すでに肩から銃を下ろしていました。

最早これまで、と言う所で、私は、突然キャンプの方角に向き直りました。ブラウンは、勝ち誇ったように笑い出しました。

「どうだ、まるで、このゾウは人間の言葉が解っているみたいじゃないか。おれが何をしようとしたかも、ちゃんと知ってやがるぜ」ブラウンはそう言いました。

私は、しばらくの間はおとなしく歩いていましたが、それから出しぬけに、鼻でブラウンをつかまえると背中から引きずり下ろして、地面に放り出すと、ムペポと一緒に、一目散に、森に向って駆け出しました。後ろでは、怒り狂ったブラウンが叫んでいました。ブラウンの怪我は大した事がなかったのですが、病み上がりで、まだ本調子ではなかったものだから、すぐに立ち上がる事ができなかったのです。私は、その隙に森に辿り着きました。『もし二人一緒に助けられないのなら』私は考えていました『ムペポだけでも助けてやらなきゃ』しかし、原住民も、やはりキャンプを離れたくはなかったのです。何ヶ月もの間、命がけでゾウ狩りをしていたのは、伊達や酔狂ではありません。彼は、もうすぐ今までの報酬をもらえるはずだったのです。私は、さすがのムペポも、私の背中ほど高い所からは飛び降りないだろうと思って油断していました。私は、彼を鼻で押さえつけておくべきだったのです。この、サルのように敏捷な若者は、思いがけない行動を起こしました。私が、森のそばまでやって来ると、彼は木の枝をつかんで別な大枝に飛び移りました。私の鼻はムペポに届かなかったので、ぼんやりと木の下に立ち尽くしていたのですが、その間に、後ろからブラウンが忍び寄って来ていました。その匂いに気付いた私は、ブラウンが引き金を引くのを待たずに、密林へと逃げ込んだのです。

二人は行ってしまいました。でも、私は、二人を運命の手に委ねる気にはなりませんでした。そこで、しばらく時間をつぶしてから出かけて行きました。私は先回りして、二人より先にキャンプに辿り着きました。コックスとバカラは、誰も乗せてはいないのに、素晴らしい象牙を背負っている私を見ると、ひどく驚いていました。

「ゾウだか獣だかが、おれたちの替わりにブラウンとムペポを片付けてくれた、って事なのか?」ロープをほどきながらコックスはそう言いました。

しかし、喜ぶのはまだ早かったのです。しばらくすると、かんかんになって腹を立てているブラウンとムペポが現われました。ブラウンは、私を目にした途端、怒濤のように罵詈雑言を浴びせかけてきました。彼は、仲間たちに、私がどんなふざけた事を仕出かしたのかを話して聞かせ、すぐにでも私を殺してしまうよう説得していました。しかし、計算高いコックスが反対して、もう一度見積もりを始めたのです。コックスとバカラは、ブラウンが回復して、無事に戻ってきた事をとても喜んでいるようなふりをしていました。一対の素晴らしい象牙を持ち帰ってきた事を喜んでいたのはもちろんです。

XIV　四つの死体と象牙

床に就いたのは、まだ早い時間でした。ムペポはその晩の見張りではなかったので、赤ん坊のようにぐっすりと眠り込んでしまいました。疲れていたブラウンも、やはりぐっすりと眠り込んでしまいました。コックスは見張りに立ち、バカラは毛布の下で寝返りをうっていましたが、眠ってはいないようでした。バカラは何度か首をもたげて、もの問いたげにコックスの顔色を窺っていましたが、そのたびにコックスは、『まだ早い』と、首を横に振っていました。

欠けた月が森の向こうから顔を覗かせると、ぼんやりとした光で草地が照らし出されました。森のどこかでは、肉食獣の牙にかかった小動物が、まるで赤ん坊のように、哀れに泣き叫んでいました。その声を聞いても、ブラウンは眼を覚ましませんでした――ぐっすり眠り込んでいる証拠です。コックスは頷きました。そして、コックスの一挙手一投足に眼を凝らしていたバカラは、すぐさま起き上がると、片手を後ろに回しました。どうやら、後ろのポケットのリボルバーに手がかかっているようです。私も行動に移る決心をしました。私は、本来ならば、インドゾウが敵を威嚇する時に使う手を使ったのです。インドゾウは、地面にきつく鼻の穴を押し当てて、一気に息を吹き込むのです。すると、がしゃがしゃ、ごぼごぼ、ごうごう、と魂消るような音が出るのです。その音を聴けば、死人でも眼を覚ますでしょう。ましてや、ブラウンは死人ではありません。

「そこでトロンボーンを吹いてやがるのはどこのすっとこどっこい野郎だ？」彼はそう言いながら首をもたげて、眠い眼を大きく見開きました。

バカラはしゃがみ込みました。

「なんだよ、ダンスでもしてるのか？」ブラウンが尋ねました。

「いや……ゾウが、あのろくでなしのせいで目が覚めちまったんだ！　あっちへ行きやがれ！」

でも、私はその場を離れませんでした。しばらくして、再びブラウンが寝入ると、またその作戦を繰り返したのです。

コックスは、私が思い切り鼻を吹き鳴らした時には、すでにリボルバーを手にしてブラウンに迫っていました。ブラウンは飛び起きると、私の所に駆けつけて、手刀できつく鼻先を打ちました。私は慌てて鼻を丸めると、その場を離れました。

「ぶっ殺してやるぞ、このくそ忌々しいケダモノめ！」彼は叫びました「こいつはゾウじゃねえ、魔物か何かだ。ムペポ！　このゾウを沼の方に追っぱらえ！……なんでお前は拳銃なんかを持ってるんだ？」いぶかしげにコックスを見詰め、ブラウンは、ぽつりと尋ねました。

「一、二発くらわしてやりゃ、トランプの野郎もここから離れるだろうと思ったのさ」

ブラウンは、すでに地べたに倒れて眠っていました。私は、キャンプの様子をうかがいながら、もう少し離れました。

「気味の悪いゾウだな！」私に向って拳を振り上げながら、ぶつぶつとコックスがつぶやいているのが聴こえてきました。

「ケモノノニオイスルノヨ」ムペポが言いました。自分の命が危ないとも知らずに、若者は私の事をかばってくれたのです。そう、確かに彼の言うとおり、私が吠えたのはケダモノの匂いを――二本足の無慈悲なケダモノたちの匂いを嗅ぎつけたからです。

すでに夜が明けようとしていました。コックスはバカラに頷いて見せました。二人は、素早く現場に駆けつけました。コックスは眠っているブラウンの所へ、バカラは――ムペポの所へ。そして、二人は同時に発砲したのです。ムペポは、宵の口に泣き叫んでいた獣のように、甲高い哀れな悲鳴を上げて立ち上がると、がくがくと激しく身震いしてその場に倒れ、両足を小刻みに痙攣させていました。一方、ブラウンは、物音一つ立てませんでした。私が犠牲者たちに警告を発する間もなかったほどの、ほんの一瞬の出来事だったのです……

しかし、ブラウンはまだ生きていました。彼は、不意に、右ひじを支えにして起き上がると、自分の上に屈み込んでいたコックスを撃ちました。コックスは、大鎌で薙ぎ払われたかのように、ばったりとその場に倒れました。その死体を盾にして、ブラウンはバカラに向けて発砲しました。バカラは叫びました。

「ちくしょう！　この赤毛のペテン師め！」そして、一発撃つと駆け出しました。しかし、何歩か走ると、突然、バカラはその場でくるくる回って、ばたりと地面に倒れたのです。それは、頭に銃弾を受けた人間にありがちな行動です。ブラウンは深いため息をつくと、背中を反らせて仰向けに倒れました。草地には、ねっとりとした血の匂いが立ち込めていました。辺りは静寂に包まれました。ただ、ブラウンだけが喘いでいました。私は、彼の所にやって来ると、その顔を覗き込みました。すでに、両目はどんよりと濁っています。しかし、それでも彼は、もう一度、発作的に体を震わせると、再び引き金を引きました。銃弾は、私の右前足のひざの皮膚をかすって飛んで行きました。

XV　思惑通りに

ついに、私は幸運を手にする事ができたのです。それは、マタディでの出来事でした。夕暮れ時、太陽は、コンゴ川の流域を大西洋と隔てている山々の頂の向こうに沈もうとしていました。私は、川から程近い森の中を、悲しい物思いにふけりながら歩いていました。私は、群れと一緒に囲い罠に逃げ込まなかった事を後悔するようになっていたのです。もし、ゾウたちと一緒に行動していたなら、私は、今頃こんな放浪生活を送ってはいなかったでしょう。私の現世での苦しみも、きれいさっぱりそこで終っていたでしょうし、さもなければ、完全に家畜化されたゾウになっていた事でしょう。私の右側、海に沿った森の木々の向こうでは、沈み行く太陽の光を受けて、水面がルビー色に燃え上がっていました。

左手には、樹皮に切れ目の入った巨大なゴムの木が何本も生えていました。切れ目が入っている所を見ると、この近くには人間がいるはずです。

そこから、さらに数百メートルほど歩くと、キャッサバ、ヒエ、バナナ、パイナップル、サトウキビ、そしてタバコなどが植わっている畑に辿り着きました。足元に注意をしながら、サトウキビ畑とタバコ畑の間のあぜ道を歩いて行きました。あぜ道は、広々とした広場に続いていました。広場の中央には一軒の家が建っていました。家の周りには誰も見当たりませんでしたが、私から少しはなれた広場では、きゃっきゃと子供たちがはしゃいでいました。七歳から十歳ぐらいの男の子と女の子が、輪投げをして遊んでいたのです。

私は、子供たちに気付かれないように、そっと広場に出て行くと、いきなり後ろ足で立ち上がって、なるべく面白そうにぴいぴいと鼻を鳴らして、ひょこひょこ飛び跳ねて見せたのです。子供たちは、私に気づくと、あまりの事に呆気に取られていました。それでも私は、子供たちが、まずは泣いたり逃げ出したりしなかった事に気を良くして、調教を受けたサーカスのゾウでも、恐らくこんな事はできないだろう、というほど滑稽なことをして見せたのです。最初に男の子が夢中になって、けらけらと笑い出しました。それに釣られて女の子はぱちぱちと手をたたき始めました。私は踊ったり、でんぐり返しを打ったり、後ろ足で立ち上がったり、逆立ちしたり、スキップしたりして見せたのです。

次第に子供たちは大胆になってきて、私に近づいてきました。そこで私は、そこに坐るよう男の子をうながすために、用心深く鼻を伸ばしてぶらぶらとゆすりました。男の子はぶらぶらゆれる鼻を見詰めてから、意を決したように、曲げた鼻先の近くに坐り、ゆらゆらゆれ始めました。その後には、女の子も乗せて遊ばせてあげました。実を言えば、私も、その陽気な白人の子供たちと一緒になって遊んでいるのが嬉しかったし、楽しくもなっていたので、やせて背の高い男の人が、私たちに向ってやって来たのに気付かなかったのです。その人の黄ばんだ顔や落ち窪んだ眼は、熱帯性のマラリアから回復してまだ日が浅い事を物語っていました。その人は、なんとも言えず驚いたような顔をして私たちを見つめていました。驚きのあまりに口も利けなかった様子です。やっと子供たちもその人に気が付きました。

「パパ！」男の子は英語で叫びました「みてよ、ぼくらのホイッチ-トイッチはすごいんだからね！」

「ホイッチ-トイッチ？」父親は、低い声で繰り返しました。彼は、両手をだらりと下げたままで、呆然と立ち尽くしていました。いったいどうしたらいいのかが、まったく解らなかったのでしょう。そこで、私は丁寧にお辞儀をした上に……目の前で跪いて見せました。イギリス人は微笑んで、私の鼻をぽんぽんと叩きました。

『うまく行った！　うまく行ったぞ！』私は、天にも昇るような気持ちでした……》

　そこでゾウの物語は終っていた。確かに、その後のホイッチ＝トイッチの運命は、特に興味をそそるようなものではなかったので、彼の物語は、ここで終らせるのが妥当なのだろう。ゾウ、ワグナー教授、デニソフは、楽しいひと時をスイスで過ごした。ゾウは、旅行者たちを驚かせながら、以前リングが好んで何度も訪れていたヴェヴェイ近郊を巡り歩いた。ゾウは、時折ジュネーヴ湖で水浴びをしたりもしていた。しかし、残念な事に、その年は、秋の訪れが早かったため、一行は早々に、特別に仕立てられた貨車に乗ってベルリンに戻る事になった。

　ホイッチ＝トイッチは、今でもブッシュサーカスで働いている。ベルリンの人々のみならず、《天才ゾウ》を見るためにわざわざベルリンまでやって来る多くの外国人たちを驚かせながら、真面目に、自分が毎日食べる三百六十五キログラムの食料の分だけ働いている。学者たちは、今でもその才能の由来についての論争を繰り広げている。ある学者は――《トリックだ》、そして別の学者は――《条件反射だ》、ほかの学者は《集団催眠だ》、などと言っている。

　ゾウの世話をしているのはユングだ。彼は、とても丁寧な態度を取って、何くれとなくゾウの面倒を見ているのだった。しかし、ユングは、心の底ではホイッチ＝トイッチを恐れ、魔性のものではなかろうか、と疑ってもいた。考えてもみていただきたいのだが、毎日新聞を読んだり、ある時などは、トランプで一人遊びをするために、ユングのポケットから二組のトランプを取り出したりもするゾウ――もしあなただったら、一体それをどう思われるだろうか？　たまたまユングがゾウの所に行って見ると、ゾウは、大きな樽の底にカードを並べて、一人遊びをしていたそうだ。ユングは、誰にもそれを話さなかった。うそつきだと思われたくはなかったからだ。

本文はアキム・イワノヴィチ・デニソフの資料に基づいて執筆された。I・S・ワグナーは、この原稿を読んで以下のように記している。

《これは全て事実です。しかし、この物語をドイツ語に翻訳することは固く慎んでください。リングの秘密は、少なくとも、彼の周囲の人々に知られてはならないのです。

日本語ですか？　もちろん歓迎しますよ。ぜひ翻訳してください》

空飛ぶ絨毯——初出：雑誌　知は力なり　一九三六年　No.12

悪魔の水車小屋——初出：雑誌　世界探検　一九二九年　No.9

アムバ——初出：雑誌　世界探検　一九二九年　No.10

ホイッチ・トイッチ——初出：雑誌　世界探検　一九三〇年　No.1、2

Александр Романович Беляев

ロシアのヴェルヌとも呼ばれる、ロシアＳＦ界の第一人者。1884年3月16日スモレンスク市の司祭の息子として生まれ、法科学校卒業後、弁護士、新聞編集長として働く。1916年、脊椎カリエスを発症し、首から下の自由をなくして療養生活を余儀なくされるが、22年に療養生活を終え、民警、幼稚園などを経て郵政省職員となる。療養生活の体験を生かし、25年、雑誌『世界探検』に処女作『ドウエル教授の首』を発表、翌26年、郵政省を退職して専業作家となる。約20の長篇と、40の短篇を発表したものの、当時は「荒唐無稽である」「非科学的である」などの批評にさらされた。1942年1月6日、ドイツ軍占領下のプーシキン市で死去。

たなか たかし

1964年、千葉県船橋市内の団地に生まれる。

典型的な鍵っ子として育つ。

県内の高等学校卒業後、ロシアへ留学。

ハバロフスク国立教育大学ロシア語コース卒。

訳書にハルムス『ズディグル　アプルル』『シャルダムサーカス』『ヌイピルシテェート』、ベリャーエフ『ドウエル教授の首』『眠らぬ人』（未知谷）がある。

アフリカの事件簿《じけんぼ》
ワグナー教授の発明

二〇一五年一月　五　日初版印刷
二〇一五年一月二十日初版発行

著者　アレクサンドル・ベリャーエフ
訳者　田中隆
発行者　飯島徹
発行所　未知谷
東京都千代田区猿楽町二 - 五 - 九　〒101-0064
Tel.03-5281-3751 / Fax.03-5281-3752
〔振替〕 00130-4-653627
組版　柏木薫
印刷所　ディグ
製本所　難波製本

Japanese edition by Publisher Michitani Co. Ltd.,Tokyo

Printed in Japan
ISBN978-4-89642-465-2　C0097

アレクサンドル・ロマノヴィチ・ベリャーエフ
田中隆 訳

眠らぬ人　ワグナー教授の発明

ワグナー教授初登場！

人生の三分の一を無駄に眠る人類を睡眠の呪縛から解放した教授は右脳左脳を独立機能させ、両眼両手を別々に動かし、更に疲労を取り去る解毒剤を開発、生産能力は六倍に…！　教授の頭脳を狙って蠢く世界！　牧歌的ＳＦの名作。

四六判上製224頁　本体2000円

ドウエル教授の首

ロシアＳＦ界第一人者の代表作！ 新訳！

社会主義リアリズム全盛の発表当時「荒唐無稽」「非科学的」と批判を受けながらも、現代医学の最尖端をも凌駕する医療分野のＳＦ的要素を鏤め、同時にミステリーとしても最良質と言える傑作！

四六判上製256頁　本体2500円

未知谷